李骏虎作品集

奋斗期的爱情

李骏虎 著

中国书籍出版社
China Book Press

图书在版编目（CIP）数据

奋斗期的爱情 / 李骏虎著 . —北京：中国书籍出版社，2020.1（2024.1 重印）

ISBN 978-7-5068-7554-7

Ⅰ.①奋… Ⅱ.①李… Ⅲ.①长篇小说—中国—当代 Ⅳ.① I247.5

中国版本图书馆 CIP 数据核字（2019）第 269361 号

奋斗期的爱情

李骏虎 著

图书策划	戎 骞　崔付建
责任编辑	戎 骞
责任印制	孙马飞　马 芝
出版发行	中国书籍出版社
地　　址	北京市丰台区三路居路 97 号（邮编：100073）
电　　话	（010）52257143（总编室）（010）52257140（发行部）
电子邮箱	eo@chinabp.com.cn
经　　销	全国新华书店
印　　刷	三河市华东印刷有限公司
开　　本	650 毫米 ×940 毫米　1/16
字　　数	180 千字
印　　张	13.5
版　　次	2020 年 1 月第 1 版　2024 年 1 月第 2 次印刷
书　　号	ISBN 978-7-5068-7554-7
定　　价	58.00 元

版权所有　翻印必究

自　序

我生长在那个全民"文学热"的时代。20世纪80年代，"改革开放""思想大解放"带来全国性的写作阅读高潮，从城市到广大的农村、矿山，有点文化的人们都拿起笔来写小说、散文、诗歌、报告文学、文艺评论，抒发情怀，记录时代。在晋南的一个小村庄，也有两个做着狂热的文学梦的年轻农民，其中一个就是我的父亲，这使我在刚刚能够开始阅读的时候，随手就能够拿到《人民文学》《小说月报》《作品》《青春》《汾水》（后改为《山西文学》）这样的文学杂志，对于一个偏远的乡村里的孩子来说，的确是得天独厚的精神资源。就是在父亲的熏陶和指导下，我开始写作和投稿，小学没毕业就开始发表作品。

有人说，那个时候的全民文学热是不正常的，也有人因此而慨叹后来的文学被边缘化，我也曾这样想。但我现在不这样认为了，我现在知道，全民都想当作家的确是不切实际的，但人人都应该养成写作和阅读的习惯，尤其在我们解决了生存问题，开始追求生命质量的时代；我同时理解到，文学作为社会主流的时代的确是一种特殊现象，但文学应该对社会发展和时代进步产生深远影响却是不容置疑的，时下文学越来越圈子化，越来越丧失对社会大众的影响力，越来越跟时代发展没有关系，这才是不正常的。仅仅是文学圈里的繁荣，是虚假的繁荣。这也是当下文学为大众所敬而远之的原因。狄更斯、托尔斯泰、雨果，都曾为人类社会的进步做出历史性的贡献，我们看到，真正的文学大师是为人类写作的，他们从不曾把文学学术化、圈子化。为什么要写作，从事文学的终极目的是什么，这是作家们应该思考的永恒课题。跳出圈子，为人民写作，这是我大概从十四年前形成的文学观念。我后来的文学道路，就是在这个观念的指导下往前走的。

每一个作家的文学生涯中，都有自己阶段性、标志性的作品和文学事件，我也是如此。我真正意义上的小说写作，开始于中专时代完成的第一部短篇小说《清早的阳光》。那个时候，没有读过几本文学名著，也几乎没有任何的文学观念，就是靠着农村生活的积累和一点天分创作的，我对自己想象力的确信，也来自这篇纯粹的作品。每一个作家都有自己的软肋，我也有，我在文学素养上的欠缺就是没有接受过必要的写作训练，当时，也没有完成与经典的对话，我就是个"野狐禅"。这个短篇之后，我回到故乡小城谋生，很多年不能超越自己，后来因为一个机会又回到了太原，有三年时间学着用王小波的风格写小说，数量不下三十万字。这其中有一个中篇、三个短篇被文学杂志《大家》2000年的同一期刊发，还配发了整页的作者艺术照，这是我文学生涯中的第一个作品小辑，从此我开始浮出水面，成为我这一代作家里较早的出道者，这要感谢

《大家》主编李巍老师的错爱，他还曾想把我打造成男版的J.K.罗琳，可惜我才力不逮。

  在我读过小仲马的《茶花女》和陀思妥耶夫斯基的《被侮辱与被损害的》后，在卢梭的《忏悔录》里找到了思想指导（我其实并没有读完这本书，但哲学家强大的思想力量通过开头的几页书就主导了我），开始写作第一部长篇小说《奋斗期的爱情》。那是20世纪末的事情，我在山西日报社工作，每天晚饭后打上一盆热水放到办公桌下泡脚，铺开稿纸写两三千字，保持了一个良好的写作进度。我在子报工作的弟弟陪着我，他也写点东西。那个时候生活条件异常艰苦，我们兄弟俩租住在一个倒闭的工厂的小楼单间里，房子里没有水管也没有厕所，需要用矿泉水瓶子从报社灌水带回去用。晚上十点多，完成当天的写作进度，我俩骑着从街上四十块钱买来的旧自行车赶夜路回住处。如果在夏天，经常一个霹雳大雨倾盆，根本来不及躲避就被浇成了落汤鸡；如果在冬天，融化的大雪在马路上冻成纵横的冰棱，车轮压上去，一摔就是十几米远。但我们心里都有一团火，就是永不熄灭的文学火焰，能够在窒息的大雨中和摔懵的马路上哈哈大笑。《奋斗期的爱情》被文学杂志《黄河》以头条的位置发表后，很快被收入长江文艺出版社"九头鸟长篇小说文库"，这在当时是个特例，因为文库里的作者除了我，都是很有名的前辈作家。要感谢《黄河》主编张发老师和长江文艺出版社的李新华老师，正是《奋斗期的爱情》使我开始有了"粉丝"，其中包括不少跟我年龄相仿的现在很知名的青年作家，当时他们刚开始尝试写作。

  我开始不满足于圈子，而从大众的欢迎中得到自信，源自于我的第一部畅销作品《婚姻之痒》。2002年到2005年之间，我开始了自己第一个完整的创作阶段，创作了一系列以心理描写见长的都市情感和婚姻家庭题材小说,并整理成长篇小说借助于各大门户网站的读书频道贴出来。磨铁文化老总、诗人沈浩波的弟弟沈笑,当时在新浪网读书频道做版主,他把《婚姻之痒》加精置顶,后来得到了四千多万的点击量,数千读者跟读并试图提供思路参与创作。在读者意识到我有把女主角庄丽写死的企图时,很多人对我发出了威胁。那年的情人节,读者们把《婚姻之痒》打印出来,用精美的礼品纸包装好,作为情人节礼物互赠。有人留言说看了这部作品与爱人达成了谅解,有人说决定奉行独身主义,这使我对文学的社会功能产生了自觉的思考,也开始与逐渐向圈子和学术坍缩的文学背道而驰。现任人民文学出版社社长臧永清,其时担任春风文艺出版社的副总编辑,他策划的"布老虎"丛书风靡一时,他跟我签下了首印四万册的出版合同,可惜的是,他后来去了中信出版做副社长。他也因此专程打来电话表达了对我这本小说的遗憾。然而很快,创业阶段的沈浩波就闻讯来到太原,通过朋友联系到我,在电话里诚恳地做了半个小时的洽谈。沈浩波的策划和营销能力是非常超前和强大的,在他的策划下,我一下子"火"了起来,不断接受全国各城市晚报和都市报的采访,《婚姻之痒》也进入新华书店系统公布的2005年文学类畅销书前五名,接着又拍成了电视连续剧,由著名影星潘虹和李修贤主演。

  是作家都有代表作,有被自己认可的,有被读者认可的,还有被圈子认可的,我截至目前被这三个领域基本认同的代表作,是长篇小说《母系氏家》,这也是我第二个完整的创作阶段的主要作品。这部小说也是对"山药蛋派"老一辈作家谆谆教导的"生活是创作的唯一源泉"的致敬和实践,她的创作,完全是非功利性的、自发的、水到渠成的。2005年元月,我被选派到故乡洪洞挂职体验生活,报到后,县政府让我先回太原,等待通知再正式上班,这一等就是两个多月，于是，从毕业后就为了生存和理想打拼的上班生活突然停止了，生活节奏出现了巨大的断档和真空。文学创作是闲人的职业，人心里越安静思想越活跃，忘记了是什么触发了灵感和回忆，我开始写作我生长的那个小村庄的女人们的个性和人生故事，写到六七万字的时候，县政府通知我报到上班，我给她起了个题目《炊烟散了》，作为一个大中篇发给约稿的杂志。这就是《母系氏家》的蓝本，她并不是按照时间轴写的，而是把两代女人的人生历程交叉辉映着写。两年半后，我在鲁迅文学院第七届中青年作家高研班学习，从繁忙的政府工作中脱身出来，文学的机能重新复活，一个晚上，我想到《炊烟散了》里面有一个人物可以再写一个中篇，就围绕这个叫秀娟的美丽、善良的老姑娘写了一个晋南农村麦收之前的故事，起名为《前面就是麦季》。跟以生活为背景的小说不同，《前面就是麦季》是以《炊烟散了》为背景的，这种以另一部小说的世界为背景的小说写作，弥补了我的作品虚构程度小的弱点。稿子完成后，恰好《芳草》杂志主编、著名作家刘醒龙老师来鲁院物色刊物"年度精锐"的专栏作家，我有幸蒙他慧眼相加，《前面就是麦季》就成为开年《芳草》杂志的头题作品，后来获得了第五届鲁迅文学奖的优秀中篇小说奖。

每个作家都有自己的特质，有些作家艺术感强，善于写中短篇，有些作家命运感、历史感强，擅长写长篇，我是以长篇为主要创作形式的作家，中篇产量最少，却阴差阳错获得了中篇小说的最高荣誉，这正是命运的耐人寻味之处啊。也还是在鲁院时，《十月》杂志主编王占君老师来约稿，嘱我写个长篇给他，我以《炊烟散了》和《前面就是麦季》为基础，用时间顺序把故事展开讲述了一遍，完成了长篇小说《母系氏家》的第一稿，发在《十月》长篇小说的头题。在陕西人民出版社出版单行本之前，我又用两个月的时间改了第二稿，增加了几万字，后来获得了首届陕西图书奖，同时获奖的长篇小说有贾平凹的《秦腔》，陈忠实老师是文艺奖评委会的组长，他用浓重的陕西话跟我开玩笑说：写得比老贾好！

《母系氏家》也获得了赵树理文学奖，几年后我又写了她的姊妹篇《众生之路》。著名评论家胡平老师认为，《众生之路》的"呈现"比《母系氏家》的"表现"，在艺术上更高一个层次。能超越自己，我觉得比超越别人更值得高兴。

人的心理倾向是受生理影响的，换句话说，我们的身体变化某种程度上决定着精神走向，四十岁左右的时候，我开始喜欢读历史了，历史事件的神秘感和对历史人物探究欲望，使我的写作转向第三个完整的阶段：抗战史的研究和书写。无论写历史还是现实，作家都是以发生在自己脚下的这块土地上的故事为富矿的。我发现红军东征山西有着改变中国革命进程、促成抗日民族统一战线形成的伟大意义，于是，经过两三年的打通史料和实地考察准备，完成了全面展现这一历史阶段的国际国内政治形势和战争过程的长篇小说《中国战场之共赴国难》。这是我目前为止体量最大的一部作品，有四十万字，也是第一部完全以长篇的艺术结构从零创作的作品，她并未得到文学评论界多少的关注，却产生了很大的社会影响，成为当年中国新闻出版报公布的年度文学类优秀畅销书前十名。跟我的第一本畅销书《婚姻之痒》主要以读者个体为购买对象不同，《中国战场之共赴国难》不是一本一本地卖的，她被省内外很多机关单位、企业、学校多则几百本，少则几十本的团购，作为读书活动的主题书。《文艺报》以整版的篇幅发表了我的创作谈《今天怎样写救亡史》。《中国战场之共赴国难》使我彻底背向文坛、面向大众，赵树理曾经说过他的文学创作理念是："老百姓看得懂，政治上起作用。"山西作家中的前辈张平、柯云路是这个理念的杰出实践者，我是他们的追随者。

我并不是文学性、艺术性的反对者，我热爱并且探究小说的艺术性，但我反对文学学术化、圈子化，我不愿意搞"纯文学"创作，我希望我的作品像狄更斯一样受到普通人的欢迎。我也醉心于福克纳、博尔赫斯、卡夫卡的作品，但我向往着托尔斯泰、雨果那样超越作家的思想情怀，我逐渐开始了自己的第四个完整创作阶段，我希望自己能够像巴尔扎克那样把同时代的人们变为我笔下的艺术形象，展开一副包罗万象的时代画卷。

感谢中国书籍出版社和策划人戎骞小兄的美意，要给我出一套比较完整的作品集，由于我的一再坚持精减，还有近几年出的新书的原出版社都不愿出让版权，成为目前这八本的规模，留待随后陆续补进。

目前，我出版了18种、25本书，其中一半左右是长篇小说，戎骞要求我写的这篇自序里，我未提及散文、诗歌和评论的创作情况，是因为我想以主要创作形式来梳理自己的文学历程，今后这仍然是我的主要方向。一个作家只要不丧失对长篇小说的兴趣和能力，其他的体裁就有一个强大的思想本源。

2019年8月17日　于太原

序：和小说共鸣

陈玉龙

我一直以为自己是混迹于城市街巷中的农村人，并时刻为融入自己所在的城市而不停地奋斗着。我也一直这样认为，我们所在的每座城市其实都是由农村人组成的。上溯一代或者几代，有几人的祖辈不在农村？无论是达官显要，还是街巷游人，哪一个不是奋斗着融入城市的成功者或未来的成功者？由是，当我几乎是一口气读完了青年作家李骏虎的长篇小说《奋斗期的爱情》，我不由得想到，这不就是奋斗在城市中的农村人的真实写照嘛，能和李乐（作品主人公）的思想和生活轨迹产生共鸣的，何止一个人，又何止一代人。

我几乎是一直把李乐当成李骏虎来读这篇小说的，认为李乐就是李骏虎，李骏虎写的其实就是他自己，不知作者能否苟同我这个看法。但不管怎样，李骏虎毕竟写出了与我何其相似的人生经历。

李乐大学毕业后被分到距省城不到二十公里的一家杂志社，从此便开始了他奋斗的轨迹。他酷爱文学，几乎就是要以文学立命甚至为文学献身的那一类人。但他在那个小小的杂志社和那个并不繁华的远离城市的郊区，除了时有文章见诸报刊而小有名气外，其身其心都并没有真正融入其时其境的主流社会。他是一个并不甘心的小人物，也是一个志存高远的平凡的文学青年。虽然他不曾一刻拥有那真正的、刻骨铭心的爱情，但他却不同程度地感受过四个青春女孩所给予他的不同方式的爱。李乐正是靠着对文学的不懈追求，和仅仅是洋溢着青春冲动的爱情的朦胧牵引，一步步走向了文学的殿堂。他也是在品味了四个女孩各自不同的爱情表白之后，才发现他的爱情追求其实仅仅只是一个美丽的过程，他的归宿还在那不懈的奋斗中。

李骏虎在他的《奋斗期的爱情》中塑造了李乐、张亮、鲁小曼、郭芙等几个鲜明的文学形象，读后都能给人留下深刻的印象。至于应该如何去评价这些人物，我认为那是文学批评家的事。但作为一部小说，它首先是写给普通读者阅读和欣赏的。因此，作为一个普通读者，我首先必须承认，这是一部耐读、耐看、耐人寻味的长篇小说。

能在小说中找到自己的影子，同喜同悲并与之从心灵深处产生共鸣，这应当算小说的成功之处，当代题材的小说尤其如此。大凡社会中人，都应该有其情感的正常的宣泄渠道。文艺作品中的人物形象往往就承担了这种宣泄的假借载体。普通读者、观众之于乾隆、康熙、包公等帝王将相，其生活背景的差距何其远矣，但人们之所以爱读爱看这样的作品，其实都是在或宣泄，或寄托着自己的一份情感。《奋斗期的爱情》正是为我们这一群城市中的农村人提供了形象的写照和精神共鸣的载体。李乐、张亮、鲁小曼、郭芙等，其实他们就生活在我们的身边，甚至就是我们自己，这样的小说不由你不看。

能把普通人写活最考验作者功力，李骏虎就是这样的作家。《奋斗期的爱情》中的李乐一干人等，其实都是再平凡不过的普通人了，在他们身上不可能有惊心动魄的事件发生，有的只是日常的琐事，唯其如此，才是真实的生活，也唯其真实，才能打动普通读者的心。李乐像做贼似的卖掉杂志社清理出来的废旧报纸，所得的28元竟是他当时生活的全部；漂亮的张亮过生日，他却掏不出区区30元的份子钱，以及面对高大女孩时自己的矛盾和窘迫等，今天的你我有多少不曾有过这样的感受。正因为李骏虎把李乐他们活生生地展现在我们面前，我们才能从这些人物身上找出自己的曾经和过去，这样的小说不由你不爱。

但我也有我的遗憾，本来书名可以更艺术性一些，却怎么用得这么直白，在我们已身处争夺眼球的注意力经济时代，这样的书名之瑕会不会掩住作品的璞玉之心，不知骏虎以为然否？

原载2002年8月9日《中华读书报》

修订本附记

（2013年）

是的，我正是借本书再版之机附庸风雅，又一次模仿我钦敬的大师们的做法——我看到雨果1832年的十月在《巴黎圣母院》再版时写了《定刊本附记》，才想起写这样一个附记。

必须要承认，十三年前，在《奋斗期的爱情》创作之初，我就笨拙地模仿了三位大师，首先，是在思想方式和创作态度上模仿了卢梭的《忏悔录》；而用分卷的形式来划分章节，并且给每个章节都用一句点题的话来提纲挈领的做法，显然就是雨果的作风；在那之前，我还无比热爱地阅读了陀思妥耶夫斯基的《被侮辱与被损害的》和小仲马的《茶花女》，尤其在行文风格上受了《被侮辱与被损害的》影响，以至于使这部小说在当时显得有些与众不同。

正是基于如上三方面的原因，在我二十五岁的时候创作完成了这样的一部小说，当时是2000年，在我对它没有任何判断的情况下，得到了《黄河》杂志主编张发老师的推崇，在当年的第三期头题发表。接下来，我怀着初生牛犊不怕虎的精神，把杂志寄给了长江文艺出版社的李新华老师，然后就收到了她寄来的合同（10年），居然和当时已经功成名就的一批作家老师们一起入选了长江文艺出版社的品牌书系"九头鸟文库"。正是从那之后，我开始参加山西作协组织的一些采风活动，记得在长治的一次采风中，我在毫无思想准备的情况下，在很多场合包括月辉泼洒下的西井镇的乡间小路上，被和我年龄相仿的当地作者和读者围拢起来，听他们诉说着自己的故事和《奋斗期的爱情》的共鸣，有一句被重复多次的话击中了我作为一名作家的自觉，他们说："你写出了我们这一代人的痛感。"在他们突如其来的热烈拥抱中，我第一次体会到作家的感觉和作品的力量。

这本十几万字的小册子，是我的第一部长篇小说，也是第一部"一气呵成"（雨果语）的长篇小说。甚至可以说，这是目前唯一一部一气呵成的小说，我用了三个月的时间，每天写三到五千字，那是最理想的创作状态。雨果说："接枝法和焊接法只会损害这一类型的作品，它们应该是一气呵成的，生就如此的。"而其后我的多部作品，包括畅销书《婚姻之痒》和代表作《母系氏家》，多少都运用了当时流行的"接枝法和焊接法"，只有《奋斗期的爱情》是一气呵成的。这个相当重要，它决定了作品的"成色"和质地，因此2012年接受文学评论家张丽军博士的访谈时我说：

《奋斗期的爱情》可以看作是我的心灵自传，也是我最初和最纯粹的文学观念形成时的重要作品，现在看，艺术上虽然粗糙了些，但精神指向却是最纯粹的。那个时候，刚刚读过卢梭的《忏悔录》和陀思妥耶夫斯基的《被侮辱与被损害的》，受到很大震动，激发了创作冲动，调动了生命体验，写作中难免笔调沉重和有痛感，但它却是我的文学观最初形成时的基石，是一个文学青年对文学诚挚的敬礼。

现在，我已经不能准确地记起来，为什么要把主人公李乐设计成一个侏儒的形象，他究竟是受了哪部名著的影响，而他也是我写个人生命体验的几本书中，唯一从我身上脱离开来而形成的一个艺术形象，仿佛灵魂出窍，这也是《奋斗期的爱情》在文学艺术上要比后来的《公司春秋》和《婚姻之痒》品质和成色更要好的地方。如果考虑到我那个时期窘迫的生活环境和燃烧的理想之火的矛盾话，李乐还真是我的精神化身，他的侏儒形象隐喻了我内心深处深深的自卑感，而他像火一般燃烧的理想，像风一样呼啸的勇气，以及像疯子一样与现实的搏斗，同时又是我那个时期的精神状态的写照。我想，这一次我总算把有关于《奋斗期的爱情》的一些事情说清楚了。

如果说有什么创举，那就是我在给小说中的人物起名字的时候，套用了古人的名字，以便于使我的人物性格和古人的名字对号入座，也为了避免现实中的人和小说人物对号入座，没想到这样的做法还得到了很多朋友在创作时的模仿。

那么，有什么必要在十三年后再版的时候去修订它呢？雨果说过："作品一旦出版，它的性质不论是否雄伟，只要一经肯定，认识和宣布，就如同婴儿发出了他的第一声哭喊，不管是男是女，它就是那个样子了，父母再也无能为力了。它今后属于空气和阳光，死活只好听之任之。你的作品是失败的吗？随他去吧，不要给失败的作品增加篇章。它不完整吗？你应该在创作时就使他完整。你的树木弯曲虬结吗？你不可能使他再挺直了。你的小说有病吗？你的小说难以成活吗？你无从把它所缺乏的生命力再赋予它。你的戏剧生来就是断腿的吗？我奉劝你不要去给它装上木腿。"好在，我要做的不是增加篇章、使树木挺直和安装木腿的工作，这部小说也不缺乏生命力，我要做的只是修枝剪叶的工作。这次所谓的修订，除了对当年用得不是很恰当的词句进行修改，还做了一点点润色的工作，然而最大的改变是扬弃了章节划分上对雨果作品的模仿，因为我发现只有雨果神一般的巨著才可以分卷，每卷分章，每章分节，而我这本薄薄的微不足道的作品，居然也敢采用分卷的形式，当年真是年少轻狂，自不量力啊！因此，我用扬弃这种形式来表达我对雨果的敬畏！

　　古人说，文无第一武无第二，大概每个作家都觉得自己是被低估了的，厚着脸皮说，我也是这样。当然这里面有很多客观因素，比如对评论家的不屑，对宣传的不屑，更多的是内心深处的狂妄自大。因此，我至少认为《奋斗期的爱情》和《母系氏家》是被低估了的。《奋斗期的爱情》当年初版的时候只印了八千册，大概给图书馆配送一下子，书店也就没几本了。因此在网上书店有书影和介绍，点击的时候却没有存货，大概最近几年来都是这样。而更有趣的是，几乎所有网络销售渠道关于这本书的广告语都是一样的，它来自我的好友陈玉龙先生当年在《中华读书报》书评版头题发表的书评《和小说共鸣》，在当年为数不多的关于这部书的书评中，玉龙兄的这篇千字文居然不多见地发在头条位置，可见他的文学评论造诣之深以及对拙著的准确判断，因此《奋斗期的爱情》再版时，我把这篇评论拿来作为序言。

　　当年《奋斗期的爱情》初版后，有前辈恩师说它过于"拘谨"了，也有朋友开诚布公地指责它"写得太笨"，更有文学评论家不屑一顾，我知道，很多情况下是因为我惯有的倨傲的态度造成的，其实心底里还是接受并感谢他们的批评的。难得的是，在太原文联举办的一次文学讲座中，《奋斗期的爱情》得到了文学评论家施占军老师的肯定，说它具有经典的品质。这给了我莫大的鼓舞。

2013年11月4日于太原

目 录

奋斗期的爱情

自　序 / 001

序：和小说共鸣 / 001

修订本附记 / 001

第一章 / 003

第二章 / 017

第三章 / 032

第四章 / 050

第五章 / 067

第六章 / 077

第七章 / 095

第八章 / 115

第九章 / 131

尾　声 / 152

跋：对一代人精神历程的评析 / 162

创作年表（要目）/ 176

虽然我的血液里几乎生来就燃烧着肉欲的烈火,但直到最冷静、最迟熟的素质都发达起来的年龄,我始终是守身如玉地保持住纯洁。

——[法]卢梭《忏悔录》

第一章

1

20世纪的最后4年,我在一家杂志社上班,和很多女孩子有交往,可是直到离开那里的时候,我仍然是个处男。我不认为这是多么羞耻的事情,相反,我感到了高尚,并非如传说得那样:我是一个生理或心理不健全的人。真实的原因,我觉得卢梭在《忏悔录》里说得很明白:"虽然我的血液里几乎生来就燃烧着肉欲的烈火,但直到最冷静、最迟熟的素质都发达起来的年龄,我始终是守身如玉地保持住纯洁。"

虽然如此,在我最青春的岁月里,我并非没有爱过,只是没有追求结果。我把这归罪于我的晚熟,我把这份遗憾当作最美丽、最珍贵的东西来珍藏和回味，我愿意讲述我的故事，只是为了寻找一份安慰，祭奠我小鸟一般一去不回头的青春。

那家杂志社所在的小城，距离我现在工作的大城市不到二十公里，杂志的状况，那个时候比现在稍微景气一些，也就对我那样的大学中文系的毕业生多少有点吸引力。我在那里生活和工作了四年之久，直到两年前终于离开。平心而论，那本杂志对我的文学事业和人生的发展都起了至关重要的作用，——我是指我在杂志社四年之中所学到的一点微不足道的处世哲学和一段难以下定义的体验，包括和女人调情以及亲热。你要问我对那段生活有什么留恋之处，那就是，我的生命曾被天使和她赐予我的爱所照亮，当我意识到应该拥有它时，已经永远地失去她了。有的时候，遗憾是最美好的回忆，但在人性造成的这种必然结果面前，要做到一笑置之是多么的不容易呀。

那个时候，我一文不名，心理素质也不好，见了漂亮的女孩子就脸红脖子粗，不停地擦鼻尖上冒出来的虚汗，还管不住自己的表情，经常露出近乎好色的倾慕的微笑。我在离杂志社十五公里的农村租了一间房子，房租每个月六十块，另外花二十块买了房东一辆漆皮掉光了的老二八加重自行车，早晚骑着它上下班。刚从学校进入社会，闯一闯的心劲和发展的欲望很大，美好的新鲜感和膨胀的自信心时刻鼓舞着我。我通常早上七点从住处出发，伏在车把上一路狂踩，四十分钟就可以赶到杂志社；晚上下班后从同一路线往回走，当然也要四十分钟才能到家，不过总觉得回家时比上班时用的时间至少短一半。后来我觉得回家睡觉的意义不大，因为我那间小屋子里的破桌子和四十瓦的电灯泡远远不能跟编辑部的办公桌和天花板上的六根日光灯同日而语，而我每天晚上都至少要看三十页书，写两千字的文章，因此我有时候就在办公室过夜。在办公室住还有一个好处是上厕所方便，而农村的大茅坑三更半夜常常很危险。我把两张办公桌拼在一块儿，铺上几层报纸，搬过本字典来当枕头，一闭眼就是黑甜一梦。后来办公室配了一条旧的长沙发，我干脆把铺盖搬了来，以社为家了。

我是从我现在所在的大城市毕业后，应聘到郊区小城的杂志社的。我觉得大城市的郊区跟大城市的差距就是要坐半个小时的公共汽车，想去就去了，所以家里打电话问我工作单位在什么地方，我就毫不犹豫地报上大城市的名字。我是农民的儿子，并且家在距离这座大城市数百公里外的农村，我父亲是一个小镇办公室的秘书，快五十岁的人了。父亲是四十二岁自修完大专课程，由一位农村党支部书记变成端公家饭碗的小秘书的，他每隔两个星期准时从小镇上的邮局给我打一次电话，时间是星期五的晚上九点，因为第二天是周末，回到家里母亲要问起我的近况。这座大城市是我们的省城，父亲十年前买蘑菇菌种时来过一次，而母亲只听说过它的名字，连确切的方位恐怕也不知道。对于乡下人来说，能来一次省城可以在村里人眼里保持半年的高大形象，因此我能在这里工作，很给父母的脸上贴金。也正是这个原因，我从师范大学毕业后，宁可在大城市的郊区打工，也不愿回家乡去当教书先生。还有一个原因就是省会城市是文化交流中心，生活在它的附近，除了拥有更多深入其腹地的机会外，我觉得离我的文学梦想也不会太远。因为有这个梦想，在我当时没有娱乐没有朋友（同性知己）的单调生活中，我总能看到美好的东西在未来闪耀，就像躲在灰蒙蒙的云层后努力发射光芒的太阳。就是那一轮水中的铜盘般淡黄的影子，使我每天都信心百倍，精神抖擞。

2

张亮是1997年的夏天应聘到杂志社的，她比我晚来整两年。因为我是在香港回归后的那几天第一次见到她，所以能确切地记得她是1997年7月来的，就像我能准确地记得我是1999年10月离开杂志社，是因为我是在澳门回归前两个月调来省城上班的，是在秋天。我见到张亮时，她已经上班快一个星期了。其实从她来的那天我就一直在编辑部，只是因为当时我正沉迷在一段烟瘾般欲罢不能的畸恋里，精神上受尽折磨，托病不去参加每天早上的业务碰头会和政治学习，所以主编在早会上把张亮介绍给大家时，我不在场。而且后来张亮没有分到我所在的办公室，我在楼道最西边的第一编辑室，她在最东边厕所旁的第四编辑室。再说，从名字上推测，谁都会以为她是个小伙子，即使上厕所时偶尔看到她坐在第四编辑室，也会以为是个来送稿件的漂亮女作者，而我当时见了漂亮的女作者就像被蛇咬过的人踩到了井绳，必定退避三舍，尿急一样地逃开。

像我初次领略那些有意思的新玩意一样，注意到张亮，也是靠第三编辑室那帮搞美术和摄影的帅哥们的引导。关于那帮真正有朝气的年轻人，我说不上来什么看法，跟他们在一起，有时候有意思，有时候很无聊。因为都是同一批招聘进来的年轻人，有时间我也和他们一块儿喝酒打闹，但我心里清楚他们打心底瞧不起我，最主要的原因是我是从农村来的，属于高晓声笔下的陈奂生一类人，或者干脆就是进城淘金的民工；而他们来自二十公里外的大城市，来自省城，属于有教养的文明阶层子弟，因此从省会城市来到郊区小城上班，就有梁晓声笔下下放知青般的玩世不恭和冲天怨气，并且在谦虚礼貌的外表下透露出固执的狂傲个性。我成为他们的捉弄对象，还因为我当时是个柔弱的矮子，身高一米五八，体重四十五公斤，而他们都是可以当男模的帅哥，有一两个像我一样瘦的，也都很高，属于风流倜傥的靓仔。有时候他们蓄意地陷害我，是因为我的文学功底好，脑子活络还敬业，属于业务骨干而且颇受领导的赏识。还有一点连我自己也不能理解的，是我很讨女孩子喜欢，尤其是漂亮女孩子——她们并不在意我会不会脸红和鼻尖上冒汗，而且对我的豆芽菜身材仿佛也熟视无睹。

　　我在如此不乐观的处境中能够保持乐观心态，完全是因为我对文学的追求，还有对未来的信心。帅哥们对我不屑，我有时也以牙还牙，但从不因为他们的捉弄而自卑，而是把这都看作难得的动力。同时我明白，我对他们的不屑，却是致命般坚硬的。这使我能够以强者对弱者的宽容来对待他们，和他们一起纵情地谈笑而毫无做作和拘束。那天我们正站在第二编辑室门口谈论香港政权交接仪式，取笑英王储查尔斯拘谨得像个被捉住的小偷，我背向楼梯口，开心地欣赏着美编罗成惟妙惟肖的模仿，其他人也都笑得七歪八倒。但是罗成突然定格在那里，眼里放出光来，我甚至能感觉到两道很强的电磁波从我头顶破空而过，那些观众几乎就在同时朝那个方向望去。我站的位置不好，加上平素对他们的夸张举动不怎么感兴趣，因而回头慢了一点，只看见第四编辑室门口有个黄裙子角晃了一下，进去了，留给我的印象是第四室的门口开了一朵大南瓜花，又飞快地被伸出来的一只手摘去了。我回过头来，看见摄影记者申公豹表情夸张地叫道："神，真神，又换了一身衣服！"罗成打趣地说："每天不带重样的，咱们每天站在这里等着看她上班，看她到底有多少套衣服可换。"我问是谁,罗成咧着一边嘴角笑着说:"咱们杂志社来了一位绝代佳人,你这位'袖珍情圣'一点也不知道?"帅哥们一阵哄笑,我平静地想,真不该问他们什么正经问题,同时感到这次不同,分明有什么东西让他们兴奋得像发情期的公驴一样坐立不安得意忘形,才拿我这个不足一米六的身材来再次取乐。

我刚回到办公室,一个女孩子踩着我的影子就进来了。她的眼睛很大,乍一看还以为脸上有三张嘴;一头乌黑的长发,眉毛像男孩子一样浓,要不是皮肤白净,黄色连衣裙并不适合她的气质——故意穿别人不敢穿的花色,可能也是有自信心的一种表示吧。她很大方,像个男孩子一样咧嘴笑着走到我办公桌前,用柔和的女中音问我:"您是李老师吧?"我想自己肯定又脸红了,下意识地用手背抹抹鼻尖说:"不敢不敢,你是哪个单位的?"她愣了愣,忽然爆发出一声大笑,马上又意识到自己的失态,赶紧跺了跺脚,用手捂住了嘴。这女孩子把笑意勉强咽下喉咙,脸上红潮未退地正色说道:"我是刚来的,在第四编辑室,我叫张亮。"我一下子就明白了是什么叫罗成他们摇头甩尾巴的,暗笑了一声,反而镇定下来,伸出手去说:"你好,非常欢迎,叫我李乐就行了。"张亮握住我的手,又笑起来,这次分明还带着点羞涩,她再次说:"请李老师以后多多指导啊,听他们说你的文章写得非常好。"我有些失措地谦虚着,看到我们俩的手握在一起很像两个女人的手,我的甚至比张亮的还要纤细一些,这使我身上有点发热。我猜张亮的感觉一定也很别扭,因为我始终坐在椅子上,握手时她不得不弓着腰尽量向前探着身体,这个姿势对穿高跟鞋的女人来说,必定腰部又酸又痛。我不能站起来,是因为看到张亮太高了,保守的估计也在一米七五以上,——我从不把高个子男人放在眼里,但女人就不同了,尤其是高个子漂亮女人，总是让我自惭形秽——站在她面前，我会难为情的。更重要的，我不想让我的身材把张亮吓一跳，有见面不如闻名的失望，刚见面就弄出一脸尴尬的表情来。这就是我和张亮初次见面的情形，后来谈了些什么我不记得了，只记得我始终没离开过椅子（有一会儿我就快站起来了，又就势脱了鞋蹲到了椅子上），还有就是那帮帅哥在张亮和我谈话的不到半个小时内轮番跑进来，跟我们说上几句不咸不淡的话，并且表现得彬彬有礼，形迹可疑。

3

在这个古怪的地方，我的快乐和苦难总是前脚跟后脚，我猜都不用猜就敢肯定，就在张亮从我办公室回到第四室时，那几位真正有朝气的年轻人已经等在那里了——他们要绘声绘色地向张亮讲述我正泥足深陷的"有趣的恋爱"。我猜得一点没错，因为没过几天张亮就找了个机会问我那件事，我本来觉得没必要告诉她，但是几天来我已经发现张亮是个心无芥蒂的女孩子，她问我那件事，只是因为感到好奇，并不像其他人那样为了嘲笑和幸灾乐祸——甚至因为嫉妒，况且，我当时正需要一个倾诉的对象，以免把自己煎熬得神经错乱。我就原原本本地说给她听。后来我甚至对张亮产生了倾诉的依赖，凡是有关那"该死的恋爱"的情况，我都要及时告诉她，听她的意见；而她也很乐意担当起"知心姐姐"的角色。我们因此建立了纯洁的友谊，就像是兄弟般亲密无间。这是罗成他们没有料到的结果。

我给张亮讲述那"该死的恋爱"时，她听得很入神，浓黑的眉头微微皱着，眼睛水亮水亮，好像西施心口痛的模样，唯一不雅的姿态是她双肘支在桌子上，两只手的食指和拇指分别捏着自己的一边耳垂，这使她显得很傻，——可当我指出来时，她探身在我脑门上打了一巴掌说："没关系的，咱们是兄弟，在你面前我从来没想过自己是个女人，保持什么淑女形象呀！"我好不沮丧，但习惯地认命了，——在她面前我也从来没意识到自己是个男子汉。实在地讲，那个所谓的恋爱被我讲出来时，并不完全真实，因为我免不了像其他人讲述自己的经历时一样，不自觉地就把自己的形象美化了。或多或少地让自己化腐朽为神奇，这是什么人都克服不了的坏毛病，因此要真实就不能开口，一开口就难免失真。我所讲出来的那件事，与事情本身虽然重合，也存在着天壤之别。为此我曾经感到羞愧，直到后来看日本著名导演黑泽明的电影《罗生门》，才发现自恋是人性中不可摧毁的一面，甚至做了鬼也会不自觉地替生前的自己涂脂抹粉，而人性，几乎是不可救药的，因此我又释然，并且像创作戏剧一样更努力、更兴奋地吹嘘自己了。我惊讶地发现，当痛苦被渲染到一定程度时，竟然会产生一种奇怪的快乐！

既然打开天窗说亮话了，我就毫不隐讳那件事的缘起其实又庸俗又流俗，——那不过只是一个男编辑和漂亮的女作者的故事罢了，并且故事的女主角之一鲁小曼还说不上十分漂亮，只是稍有姿色而已。关于我们是怎么认识的，我一点也记不得了，可能是她陪朋友来编辑部送稿子，也可能是她打电话找我讨论过我的某篇文章，或者我在邮局寄信时跟她聊过几句——鲁小曼是我们区邮电局的营业员。后来她就频频地给我写信，那段时间我几乎每天都要收到一封信封上印有"邮电公事"字样的信。我不记得鲁小曼是不是会写其他文章，更不记得给她发表过什么东西，总之我看过她好几万字了，几乎全是一些调皮的玩笑话——她把这种东西叫作信，每天写满一页400字的稿纸，然后洒上香水，再装进那种方头方脑的"邮电公事"信封里，饶有兴味地给我寄来。最不可思议的是，我竟然一封不落地都拆看过了，并且装订成册，还卖弄地亲笔题上"小曼小札"几个蹩脚的毛笔字，在鲁小曼过生日的时候当作礼物送给了她。因为这件事，申公豹曾在一次政治学习会上指责我丢杂志社的脸，不维护当编辑的形象，我则以"人人平等才是正常社会"来替自己辩驳。其实我也暗恨自己不争气，几次下决心不再与鲁小曼来往，结果却是偶有一天没收到"邮电公事"，忍不住就要打电话过去问问鲁小曼是不是感冒了。我想我是生活得太单调了，想寻求一些乐趣来作为调剂，况且我这样的（生理）条件，能有个像样的女人喜欢（这个词不一定准确，应该换成"感兴趣"吧）总不免要失控，要受宠若惊投桃报李。否则我是不足以解释当鲁小曼花枝招展地来找我时，为什么我恨不得自己能再高上那么一点点，以便和这位窈窕淑女般配一些，走在街上时不至于太滑稽。我知道自己迷失了，但又无能为力。

假如只有一个鲁小曼也就罢了，一句"萝卜青菜各有所爱"就应付得过去，但另一位女主角郭芙显然不可忽略。假如郭芙和鲁小曼素昧平生也便罢了，但后者却是前者的亲小姨：郭芙小我四岁，而鲁小曼大我四岁。最让人恶心的事情是，后来我和郭芙谈起了恋爱，却无法断绝和鲁小曼的暧昧感情。这种事情假如发生在风流倜傥的罗成或者申公豹身上也算一段佳话，偏偏我是个不足一米六的"豆芽型"，难免被人看作是一桩古怪的丑事。我自己也感到不大光彩，但像一个想戒烟却有心无力的人一样，从没认真考虑过真正把自己解脱出来。我把这件事详细地给张亮讲完后，头痛欲裂地总结了一句："我是个无能的人。"而张亮白了我一眼，简短地说了两个字:"有病!"一拍桌子,站起来悠闲地走了。

4

把那件事讲给张亮的第二天,我正趴在办公桌上重读陀思妥耶夫斯基的名著《罪与罚》,听见罗成在楼道里喊了一声:"情圣,你的林妹妹来了!"然后从所有的编辑室里爆发出的哄笑像海啸一样在楼道里汹涌。虽然我没怎么留心,却清楚地听到里面也有张亮的笑声。与此同时,郭芙满脸通红地站到了门口,她噘着嘴走进来,把手里的牛仔包甩在我办公桌上说:"那个罗成,真讨厌!"我说:"算了,别跟他计较。"郭芙就一扭身坐到了沙发上,老半天一声不吭。这小姑娘长得跟她小姨一点也不像,鲁小曼是传统的鸭蛋脸大眼睛,留着齐耳短发,只是左边齐耳垂,右边齐耳朵眼儿,只要不开口,眼波流转之间颇显风情万种;郭芙则是圆嘟嘟的脸盘,小嘴长得一点点,虽然单眼皮,睫毛却很长,睁眼闭眼时像挥动两把毛刷子,一低头,就只能从浓密的长发中看见一颗日本女孩式的翘鼻头,而她的整体形象,也像极了日本卡通片中的人物:樱桃小丸子。鲁小曼爱笑,郭芙爱哭,这是她们最终留在我记忆里的印象。

无论是郭芙还是鲁小曼来找我,或者她们一起来找我,都没什么具体的事情,我一直很搞不懂她们为什么对我这个小锉子那么依恋,有空就来看一看。但如果是郭芙一个人来,她一般不多跟我说话,偶尔才看我一眼,要么一声不吭地翻看我桌子上的东西(我不记得她读过我的任何文章,她只是乱翻一气),要么一个人举着份报纸在我的破沙发上坐很长时间,然后突然站起来就走,仿佛她的到来只是履行一种仪式。像那天来时一样,碰上编辑部那些真正有朝气的年轻人开她的玩笑,她总是勇敢而固执地走到我的办公室来,然后坐在沙发上生气,情绪刚调整过来,马上就跟我说再见。

那天郭芙只对我说了一句话:"你这人除了文学什么也不懂,真没有意思。"她是站起来准备离开的时候说这句话的。后来我送她下楼,路过第三编辑室时,瞥见张亮坐在罗成的桌子上和帅哥们说笑,很快活的样子。——郭芙依旧只顾走路。送走郭芙,我心情有点烦躁,大步上楼。再一次路过第三室时,申公豹从门里伸出手来把我拽了进去。他殷勤地请我坐到沙发上,又像演戏一样双手送上一杯水,故作正经地说道:"情圣,怎么美女都喜欢找你啊,你要是忙不过来说一声,咱哥们儿随叫随到。"靠在椅子上的罗成和坐在桌子角上的张亮以及其他人都开心地大笑起来。我哼了一声说:"有空赶紧去你丈母娘家倒垃圾去吧,闲吃萝卜淡操心。"申公豹佯怒道:"你小子是不是不想活了?"我说:"你别吓唬我,我身边美女如云,才舍不得死呢。"我这样巧舌如簧其实是说给张亮听的,看到她跟这些真正有朝气的年轻人打成一片,我很后悔给她讲我的那些事。——毋庸讳言,我肯定是嫉妒了。在和他们说笑的同时,我一刻也没有停止思考,我想,像张亮这么单纯和漂亮的女孩子,不和帅哥们在一起,难道应该和我这样四体不勤的书呆子是一路人?我甚至能从张亮的笑容中看到健康潇洒的罗成和申公豹对她的吸引力。我还觉得,体态风流卷发披肩的"艺术家"罗成和瘦不露骨曲线优美的时髦姑娘张亮很是般配。不知出于什么心态,我把这个看法附耳告诉了虎背熊腰钢筋铁骨的申公豹,他一口茶喷了出来,笑得东倒西歪。但是他没把我这个说法宣布出来。倒是张亮感觉出点什么来,她冷漠地看了我一眼说:"我回办公室去了,你们聊吧。"张亮一走，大家都感到没趣——只有我感到一种莫名的快感。冷了几十秒钟的场，申公豹蹿过去咬着罗成的耳朵嘀咕了几句，罗成哈哈大笑，一拍桌子指着我叫道："情圣，承让了，晚上请你吃饭。"

晚上吃饭时张亮也去了，总共六个人。我们在大排档喝了一通扎啤，申公豹又请大家去唱歌。因为张亮在场，这次他们没有要小姐。张亮一直不怎么跟我说话，却没命地跟申公豹神聊，我看见罗成在桌子底下猛踩申公豹的脚，后者却仍然能够谈笑自若。后来罗成用摩托车送张亮回家，申公豹和其他人骑摩托把我送到杂志社大门口，他们去路口会合罗成，然后星夜赶回省城去。我一个人慢悠悠地上楼，因为酒喝多了，写不成稿子，抱着《罪与罚》躺到沙发上，眼睛老是在那几行字上下不去，只好把书盖在脸上，一阵致命的疲倦袭来，很快就睡着了。

5

为了不使张亮把我看成个下三烂——我可以不在乎帅哥们的态度，但绝不想让他们把张亮蒙蔽了，我的哲学是：可以被混蛋瞧不起，但绝不能被一个正直的人看扁了，尤其这个人还是朋友——，我斗胆对她说："其实我无论和鲁小曼还是郭芙都很清白，我没有对她们任何一个人做过那种事，请你相信我。"张亮听完瞪着我研究了半晌，最后说："你真恶心！"说是这么说，她还是很够意思，帮我出主意说："这样下去不行，你必须在她们当中做个选择。"我说："她们各有所长，又都对我很好，怎么个选择法？"

张亮用白玉般的牙齿咬着右手食指的骨节,用心想了老半天,一本正经地对我说:"我看你应该这么办,跟鲁小曼在一起的时候严肃一些,跟郭芙在一起的时候浪漫一些。"见我一脸鲁钝,她又支着两个手掌,好像捧着一个不存在的大西瓜,解释说:"据我观察,你跟鲁小曼在一起时油嘴滑舌像个小流氓,两个人还不停地动手动脚;跟郭芙在一起时就像换了个人,说话结结巴巴,手脚都不知该往哪儿放。两下做个对比,可以看出你跟鲁小曼性格相投,但对郭芙更用心一些。所以……你明白了吗?"我其实很清楚自己在鲁、郭二女面前的表现,也正是因为她们给我孑然不同的感觉,才让我举棋不定,哪一个也放不下,假如她们俩性格相近,我们也不会形成这种让人难堪的格局了。因此我问张亮:"你出的主意一定能赶走一个吗?"张亮煞有介事地点点头。我出神地看着张亮,她可真是一个可以交心的好朋友呀!——对待朋友真诚到帮他设计恋爱模式,可谓知心。这位知心朋友很有责任感地继续给我出主意:"你也可以采取排除法,比如想想她们的缺点,哪一个更让你受不了,就痛快点跟她说清楚。比如说鲁小曼,她有什么让你不舒服的地方吗?"我想了想说:"鲁小曼很虚荣,也很庸俗。"大概是我回答得太干脆了,张亮的眼神里有个念头莫名其妙地闪了一下,不知道是什么意思。然后她接着问:"郭芙呢?"我正在猜测张亮的心思,犹豫了一下,吞吞吐吐地说:"郭芙……你可能看出来了,她有点傻,脾气也很古怪。"张亮这次大笑了,她用一只手掌扇着鼻子前面的空气,好像我刚才放了个狗屁,搞得我很不自然。好在她马上就意识到了举止的不妥之处,但笑得更厉害了,并解释说:"不好意思,你别多心,我这人就爱笑。对了,你说说她们吸引你的地方吧。"我已经心绪全无,勉强动了半天脑子说:"没有,她们都没有什么特别的地方。"

"那你跟她们纠缠什么？"张亮写了一脸的问号。

我说："我也不大明白，可能是排解寂寞吧。"

张亮白了我一眼说："无聊！"

沉默了半晌，我认真地对她说："我想我是在寻求一份自信，没有自信是实现不了我的理想的。而自信，更多的来自于异性的青睐……你明白吗？"

张亮问："理想？什么理想？"

我告诉她："成为作家，伟大的作家，像雨果那样！"然后我盯着张亮问，"你现在明白了吗？"

张亮说："雨果是谁？"

第二章

6

　　编辑部的规矩，新来的除了扫地打水，还要积极跟上业务熟练的老记者出去采访。采访回来交稿，写稿时，为了真正达到锻炼的目的，新人写初稿，完了请一同采访的"老同志"修改。发表的时候呢，还要把老同志的大名署在前面。如果系重大事件，编辑部的领导也去了，署名就要按领导、老记者、新人的顺序来排列。张亮办公室那几位大姐每人带她采访过一次后，都不乐意再带她出去了。据那些大姐在主编宋江跟前反映说："那小丫头采访的时候像个聋哑人，不听也不问；回来叫她写稿，她又说写不了，明摆着是个花瓶——中看不中用。"这一点在我与张亮的交往和谈话中也有所觉察，我觉得张亮并不笨，就是有点懒散，对正经事老是一副心不在焉的样子。幸好张亮长得漂亮，别的办公室的男同志还肯带她出去，她在男老师们跟前表现得很乖很听话，可还是不肯写稿子，偶尔写一个豆腐块，还老忘署别人的名字，搞得后来谁也不肯带她出去了。如果张亮爸不是我们杂志主要赞助单位的领导，我想她早被炒了十八回了。后来张亮就只能跟着我出去采访，因为我这个人天生认真，责任心过强，总是抢着干活——其实我是不信任别人能干好，采访的时候张亮想去哪里我都不管，好在她买上几只雪糕就跑回来了，而且在座每个人都有份。那些被采访者吃了人家的嘴软，总想说几句好听的，就对我说："这姑娘要是你的对象就好了，郎才女貌。"我听了自然满心欢喜，还要哈哈大笑，张亮却狠狠地在我后脑勺上拍一巴掌，叫道："下辈子吧！"采访回来我通常连夜写稿，第二天一大早就把张亮叫过来，让她仔细地看一遍。张亮一目十行地翻了翻说："很好，不愧是大才子。"我说："你看了没有？"她说："看啦！"每当这个时候我就觉得张亮很可怜，真是不学无术的典范，整个一没心没肺的主儿嘛！就强迫她说："你再认真地看一遍，知道以后怎么写。"张亮嬉皮笑脸地说："不用看了，我都明白了。"我不甘心，像她姥姥一样耐心地劝她："你现在不认真地学习，往后怎么独立采访？"张亮故作调皮地说："谁说我要独立采访，不是有你吗？"我忍不住从心里开始鄙视她了：真是个绣花枕头！我下意识地冷哼了一声说："你再这样，我也不领你出去了。"张亮看了看我的神情，脸色大变，"啪"地把稿子甩在桌子上说："有什么了不起的，不就是当个记者吗？大不了我不干了！"一拧身走了出去。当时还有别的同事在场，我正在众人面前无法下台，她又回来了，一脸客气地对我说："李老师，谢谢您这段时间的指导，刚才是我不对，我以后改正。

您别生气啊。"然后她眼泪汪汪地对大家笑了笑,扭头走了。我坐下来,心里很不好受,我知道我们的友谊破裂了,我有点自责,觉得自己为人太苛刻了,但还是有点生她的气:我还从来没见过这么不上进的女孩子。

下班后,郭芙来找我,我心绪不好,没怎么理她。她坐到我对面嘲笑我:"玩什么深沉呢?真虚伪!"我说:"你最好别惹我,烦着呢。"郭芙的脸色一刹那晴朗起来——这可是我不多见的,——她欢喜地对我说:"哎呀,三天不见,变得这么幽默。"听她夸奖我,我有点窃喜,但表情还是缓不过劲来,像是下巴上吊着一个秤砣。郭芙把小手伸到我面前的桌子上,轻轻地拍着说:"晚上别写稿子了,陪我看电影去吧。"我终于招架不住了,抬头问她:"什么片子?"

"红河谷。"郭芙笑眯眯地说。

那天晚上空前愉快,虽然我还是不敢握郭芙的手,她也依然没挽我的臂,但我明显地觉察出郭芙快乐了许多。我从前对她那么殷勤,她都爱答不理的,今天我不想搭理她,她反而做出一副小鸟依人的样子,看那样子快乐得简直能长出对翅膀来飞走。——女人有时候真的很贱!要不就是我过于鲁钝,不知道领会女孩子的心思。

看完电影,我送郭芙回家。我们骑着自行车并行在马路上,又说又笑,那一会儿工夫比我们认识近两年来说的话还多。在她们公司门口告别后,郭芙刚走进去,我不知为什么喊了她一声。郭芙转身走过来,眼睛在星光下亮晶晶的,用仿佛不属于她的温柔的声音问我:"有事吗?"我嘟哝了半天说:"没事,我,我先回去了。"

走到半路上,我终于忍不住大叫了一声,像挨了刀子的猪一样,——其实,刚才我是想吻她!

我想如果我做了的话，她是不会拒绝的，那或许是两年来她一直期待的，但我又一次放弃了让我们的关系明朗化的机会。——我不明白，我到底有什么顾忌和隐衷？

7

郭芙第一次到我这里来，是找她小姨。那天鲁小曼把与我的亲密关系表现得很夸张，让郭芙始终抬不起头来。后来她找机会剜了小姨一眼，用唇语告诉她："讨厌！"我看见小姑娘皱眉头，就问她："你找你小姨是不是有事？"郭芙看也不看我，客气而有点顽皮地笑着回答："没事没事，是她打电话叫我来的。"鲁小曼朝她瞪瞪眼，然后两个女孩就对视着大笑起来。我觉得她们俩都有点怪，鲁小曼本来我一眼就能看透，跟郭芙坐在一起，也变得高深莫测起来。后来郭芙终于肯看着我说话了，她笑眯眯地问我："我该叫你什么？"我说："随便，叫名字就可以了。"她认真地解释道："我是问你有多大了，叫你哥行不行？"我说："行啊，我比你大不了几岁，叫哥正合适。"然后郭芙若有所思地看着鲁小曼问："我叫你小姨，他该叫你什么？"鲁小曼心领神会地大笑起来，眼神羞涩地望着我。我愣了半晌，才明白中了郭芙的圈套，自我解嘲地说："你小姨比我大几岁，可我最多叫她个大姐呀。"郭芙很乖巧地笑了，鲁小曼却黑下了脸，冷冰冰地说："正经一点好不好，别哥哥妹妹的。"然后她用呵斥小孩的口气对郭芙说："没事了，我们走。"郭芙就听话地挽上鲁小曼，两个人头也不回地走了——真是奇怪的"母女俩"。

第二章

后来我把这事讲给张亮听时,还是弄不明白那天鲁小曼为什么要打电话叫郭芙来。张亮笑着猜测道:"一定是鲁小曼老在郭芙面前提到你,郭芙想见一见她'小姨夫'。"我认为张亮分析得有道理,因为那天我一直跟鲁小曼坐在那里说话,没注意她给什么人打过电话,更别提她叫个女孩子来见我这样让我不安的事了。这个问题我后来又求证过郭芙,郭芙鄙夷地哼了一声:"她想炫耀呗,跟你这个大才子是朋友呀!"但那时候郭芙已经跟鲁小曼势同水火,她的话也就难免有失公允。

以上问题本来是我和张亮共同研究的同类话题之一,这类问题无论经过多少轮艰难的讨论,我们最终都会得出一个令双方都信服的结论来。但是没等这个问题水落石出,我跟张亮就因为写稿子的那件事闹了别扭。那以后,张亮就很少到第一室来,每天都泡在第三室跟那帮真正有朝气的年轻人说笑,碰见我则不冷不热地打个招呼。那个阶段我正穷困潦倒,好长时间没来一笔像样的稿费了,幸亏经常光顾的那家小饭铺肯赊账,否则我真要把嘴吊起来了。即使这样,我也经常每天只吃一顿饭,皮带在最后一个眼上还松松垮垮,不使劲挺着肚子,裤子就会掉下来。在那种状况下,我像一个吸毒者进入了迷幻状态,拼命地喝水,发了疯地写作,抽屉里只要有几袋方便面,就可以一个星期不下楼。出去采访时,人家设饭局,我就提前溜到厕所,把皮带再松开一个眼儿,双手插在裤兜里提着裤子走上宴席,准备来个大报仇。但是往往事与愿违,吃不上几口,就犯恶心——我的胃已经不肯接受大鱼大肉了,我成了一只草食动物。最后我只能拼命地喝汤,包括各种酒,反正能撑圆肚皮就行——我觉得自己变成了一峰骆驼,一顿饱饭的机会必须积蓄下往后数天所要消耗的热量和营养——于是逢场必醉,总是歪歪倒倒地走回单位,病狗一样爬上楼梯,成了十足的病秧子。我每次头昏眼花摇摇晃晃地路过第三室，总能听见张亮快乐的笑声。我感慨地想：纯洁又怎么样？有钱人家的千金小姐，终究和我这个泥腿子出身的不是一个道上的，彼此保持分寸时，还可以做朋友，一旦撕破脸皮，铁一般的隔膜和冷酷的不屑就原形毕露了。

　　后来主编安排我和张亮一道去采访，申公豹总是一块儿去，他是摄影记者，想跟谁去都有充足的理由。我跟他们一起还算快乐，因为我一旦不在意什么了，就很能放得下——正是有这点冷酷的个性，我还觉得自己不失为一个男子汉。我根本就不去考虑是不是张亮叫申公豹一块儿去的，因为已经没什么必要了。

8

　　郭芙每次来找我，总是摆出一副来不来都无所谓的样子，与鲁小曼做作的兴奋形成很大的反差。郭芙就在和我们单位隔两条街的寻呼公司上班，近水楼台，因此比鲁小曼更频繁地来我这里，但跟我说话时，言辞之间总是要让我觉得她是面对着"小姨夫"——外甥女常来姨夫单位玩，也是天经地义的事情呀。刚认识郭芙后的那年春节，她甚至打电话说要来找我要压岁钱。我以为她又在我开玩笑，就以牙还牙，用单位的复印机复印了一张百元大钞——我身上难得有这样一张大家伙——虽然黑乎乎的，但还算逼真。那天郭芙跟着鲁小曼一起来的，她假模假样地纠缠了老半天，我也就做出一副长辈的样子，语重心长地教训了她半天，然后把那张"黑钱"晃了晃，郑重其事地放到了她的手掌里。郭芙看清楚后，笑嘻嘻地说："太好玩了，跟真的一样，我给你涂颜色吧，那就更像了。"

她拉开我的抽屉找水彩笔——我在大学曾经选修过美术，经常向别人标榜自己是"弃画从文"，所以手头残存许多作画的工具。谁也想不到鲁小曼猛不丁地扑上去，一把把那张"钱"夺了下来，狠狠地揉成一团扔到了地上，冷冷地说："大过年的，给一张鬼票子，吉利不吉利？"然后她拉上郭芙就要走，我赶紧赔上笑脸说是闹着玩的。但她很不给面子，最终还是气冲冲地走了。我很奇怪郭芙为什么看上去并不那么听鲁小曼的话，但只要她小姨说走，立刻就跟上走了。她们走后，我对鲁小曼如此不解风情有点失望，她平时挺会调情的呀？我叹口气，把那张"钱"捡起来，在桌子上展开抹平了，放进了皮夹子里。我告诫自己：无论如何不能让这些事情破坏了读书和写作的心绪，一定不能。

那个时候张亮还没来杂志社，她是又过了一个春节后的七月才来的。我对张亮的历史不怎么了解——从认识到闹翻的不足一个月的时间里，她全听我讲了苦恼的罗曼史了——只知道她毕业于上海或者南京的某所大专院校，大概学的是档案管理，也可能是物资管理或者统计一类的专业吧，但肯定不会是文科专业——她的中文功底太差了，偶尔写点东西简直不知所云。这都是我不经意中了解出来的，总的来说张亮除了漂亮和爽快外，几乎一无所长，与她留给我的第一印象反差巨大——我刚开始还以为这位标致大方的姑娘一定气质高雅、谈吐不俗呢，闹了半天，也不过一位千金小姐！我那个时候还没读过几本哲学书，对事物的思考是纯感性的，对人性更是缺乏深入的了解和研究，看到张亮跟那些真正有朝气的年轻人混在一起浪费青春，就把她看作没有脑子的人，很看不起她。这事放到现在我就不会这么武断了，我会从另一方面理解张亮，比如她的成长环境的左右，接受文化的影响，甚至会想到她或许受到过什么严重的打击，或者有过足够改变她的世界观的遭遇，总之，这一切使她的人生观和行为方式改变了，但她美好的心性一定不会改变，那宝石般光华的心灵，是被外来之物层层包裹了。如果我当时能想到这些，就不会鄙弃她、远离她，而是要千方百计走近她，帮助她涤清蒙蔽心灵的灰尘，让可贵的美好心性重新放射出迷人的光彩来。可惜的是，我那个时候又简单又幼稚，空有一腔热情和满腹雄心，却往往被傲慢和偏见左右，失去了挽救一个人和与她相关的人的幸福的时机。

无论如何，张亮毕竟从来没有跟着那班帅哥嘲笑过我，因此除了看不起她，我并没有憎恨过她，——事实上我谁也没有憎恨过，我的骄傲使我不把自己跟任何人放在一个天平上衡量，我的内心从不给任何身边的人与我平等对话的机会。即使申公豹背着我给鲁小曼打电话调情，甚至把郭芙骗来和罗成反锁到第三室，我都没有发作，——无论鲁小曼还是郭芙都不值得我跟帅哥们大打出手，虽然他们的做法相当于当众吐了我一脸口水。打架我肯定不是他们的对手，但我从不把怒气形于色，我不卑不亢不露声色，时间长了，就给了他们很大的心理威慑——有些人就是自找失败，本来大家相安无事，乐得平等相处，他偏偏要挑衅滋事，但心理素质又不好，对峙之下，发现自己才是软弱的家伙，连原有的优势都失去了，成了一个彻底的失败者。后来的结果是，首先沉不住气的是罗成，一反常态地找我聊天，努力地摆出一副友好的样子来；申公豹则是个永远自以为高明的人物，典型的粗中有细的家伙，总把自己摆在戏弄别人的位置上。他不肯对我表示妥协，但我更加可怜他，因为无论把戏多么高明，一旦被人看穿了，耍把戏的人就成了可怜虫，如果被人看穿了还不自知，就是不可救药了。萨特说：他人是你的地狱。我则认为，自己才是自己的地狱。人最大的失败是不能战胜自己，人生最大的悲剧是坠入自己的地狱。

第二章

9

张亮后来又单独跟着我出去采访了。她有一辆漂亮的米黄色山地坤车，如果在附近采访，就用这辆车驮着我——我那辆花二十块钱买来的老二八实在是吵得很，我们并行着去采访，哗啦哗啦的声音吵得说话都听不见，张亮就主动提出当我的司机。一开始我说："我是男的，我驮你吧。"张亮听了笑得快岔了气，好容易平静下来，挺着胸往我跟前一站说："得了吧，你比我矮了一个头，哪有力气驮我？"她怕我脸上挂不住，又故作认真地说，"你看我笨得连个稿子也写不成，空长了个大个子，还不给你老人家当当车把式？"其实我根本就没往心里去，我要把高矮看得那么重要，岂不跟那帮真正有朝气的年轻人一样了？

跟一个比我高出一头的如花似玉的女孩子出入于大庭广众之下，我既没有臭美也不再自惭形秽，作为一个为自己的理想鼓舞着奋斗的年轻人，我如果想获得成功，首先不能与世俗的价值标准同流合污。事实上，我之所以能和张亮坦然相处，是因为我们都不是遮遮掩掩之辈，那次闹别扭的疙瘩自然解开后，我们的相处就像消除了猜忌的好兄弟好伙伴一样更加痛快舒心。并且我们一直没有讳言那次闹别扭的事情，坐在车子后面，我每天都在教训她努力一些。有时候我想别的事情，忘了和张亮交谈，她就会不断地扭过头来看我，催促我说："你跟我说点什么吧，别光顾自己想事情。"有一次我对她说："人应该有所追求，才会活得质量更高一些。"

我举了罗成和申公豹的例子,认为他们整天把精力放在吃喝玩乐上,有限的聪明才智都用来捉弄人了,是纯粹的浪费生命。

"我觉得他们活得挺快乐的呀?"张亮毫不讳言地说出她的真实感觉。

"他们的快乐是建立在浪费宝贵青春之上,等到有一天终于发现光阴虚度一事无成了,就会尝到空虚和懊悔的滋味了。"我不屑地说,同时冷冷地补充了一句,"人只能活一次,世上可没有卖后悔药的。"

"他们说钱够花,能过上好日子就是成功,还瞧不起你的穷困潦倒呢,你反倒可怜人家,真是与众不同。"张亮有点讥讽之意地说。

"他们说得没错,"我不禁大声说,"从他们的价值标准看,只能看到钱财和享乐这一个层次上,只要实现了这个短浅的目标,他们就兴奋得忘乎所以了。但是,对高层次的快乐,比如追求真理和艺术创造所带来的愉悦,他们是永远尝不到了。是呀,我现在一贫如洗,甚至吃了上顿没下顿,可我并不以此为苦,我还认为这是对精神和意志难得的磨炼呢,不经过大琢磨、大痛苦,哪能领略到大快乐和大满足呢?!"

我的谈兴一上来,话语像泉水一样从心田涌出,滔滔不绝一吐为快,我接着说:"追求大境界、大智慧的人,是不畏惧世俗的艰苦的,梵高一辈子饥寒交迫,穿他父亲和弟弟的旧衣服,甚至靠弟弟的接济生活,但是他并没有被世俗的困苦压倒,反而更加坚定了。看看梵高写给他弟弟的那几百封信吧,无一不平静而深邃,作为读者的我们被他激奋外表下内在的快乐深深感染。这就是艺术的快乐,人生至高境界的大快乐,世俗的人根本不知道有这样的好东西存在,更别说去追求和最终拥有它了!"

张亮骑在车子上一声不响地听着,直到我不说话了,她才小心地说:"虽然我没看过梵高的文字作品,也不大能听懂你的意思,但我觉得你讲得有道理。"

我被她逗笑了,问:"那为什么呢?为什么你那么相信我?"

"因为你说的和做的是一致的。"她回头看了我一眼,目光明亮。

这些话我也对郭芙说过,不同的是她笑眯眯地听我讲完后,把一边的嘴角向下弯去,做出一副尖酸的表情说:"哟,想不到我面前坐了个伟人,怎么早没看出来?"然后突然收敛了笑容说,"你能不能说点别的?真没意思。"但是有时候她也做出一副热情的样子听我讲话,完了积极发言说:"对对,我也是这么想的,怎么就不会说呢?"我搞不清她是不是真能听懂,我之所以一遍又一遍地给她讲,是因为我需要说,不管听者是谁。但是对鲁小曼就又不同了,我宁可对一头牛讲也不会对她讲,而她也根本不给我机会说这些话,总是在关心地问:"听说你们办公室小罗结婚了,给她媳妇买的'三金'是不是足金?摩托车买的国产的还是进口的?"要不然就搔首弄姿地用手指捋着她耳根的短发大惊小怪地说:"呀,快看看,我脸上是不是长了一个小疙瘩!"

而我当时之所以能忍受所处的环境和鲁小曼此等俗艳之人,是因为我自己也正徘徊在高尚与庸俗之间经受着煎熬。翻翻我那个时期的日记,有这么一段很能说明我的精神世界中正在进行的反省和探求:

×年×月×日 星期×

我现在还看不到,我追求的至高境界是平和还是疯掉。在人群里，我时而高尚，时而庸俗，飘忽不定。高尚时，我打击一切人，让他们知道自己比一条虫子还头脑简单，让他们在我高深的见解面前一败涂地，我不但要打败他们的顽固观念，还要让他们感到那种让他们耽乐的生活是卑鄙的、不值一提的；当我庸俗时，我又去迎合一切，力求去接受一切，并为自己的堕落而窃喜和感到无上光荣。然而，只有独处时，我才是单一而纯粹的我。这个时候，我对整个世界都不满意，我焦躁易怒，一件比头发丝还小的事情都让我压抑不安；别人的一点小错误，就让我恨得牙根痒痒，发誓要进行彻底和加倍的报复——虽然我最后总是反其道而行之。艺术，唯有艺术，她像毒品一样让我获得强烈的创造快感。我不敢想象，假如没有写作的释放，我是不是会犯罪、会杀人，是不是会自虐——我已经开始自虐了！我不知道，没有什么可拯救我的，我只有毁灭？！

10

我和张亮在杂志社一矮一高地出双入对，骑着一辆车子在大街上招摇过市，并不是人人都看得过去。有一天上午，我们打算去采访一个展览，下楼推车子，发现车篓里有一张纸条。张亮抢着拿起来一看，脸唰地红了，狠狠地揉作一团，扔到了远处。我赶紧跑过去捡起来，展开一看，是一首打油诗：

第二章

　　水浒小说万口传
　　至今已觉太一般
　　蛤蟆吃了天鹅肉
　　金莲武大谱新篇

　　字写得东倒西歪的，显然是左手所书。我骂了一声"无聊"，故作轻松地对张亮说："下三烂的伎俩，别往心里去，哪有闲工夫跟这些人计较。身正不怕影子歪……"张亮斜了我一眼说："什么乱七八糟的，你还当真了？"

　　从前张亮骑上车子后，总要简短地冲我喊一句："上车！"那天却不声不响，我跳上去后，她侧脸看了看我，似乎还轻轻地皱了皱眉头。我的自信心在那一瞬间倒了个一塌糊涂，坐在高大的张亮后面，怎么都觉得她是上幼儿园接孩子回家的妈妈，而我就是她的宝贝儿子。——你不把世俗放在眼里，它却无处不在，照样让你不得安生。一路上，我心乱如麻，不知道该对张亮说些什么好。

　　就这样沉默了一会儿，张亮突然发了言，口气显然是开导我，她这么说："你别闷闷不乐的，别人开个玩笑你还当真了，怎么看咱们也不像谈恋爱呀。"我赶紧表示支持说："对对，可不是，咱们是哥们关系，不能让那些乱七八糟的东西影响了咱们纯洁的友谊。"但是张亮却不吭声了，踩了几圈，她突然说："你先下来。"我跳下车，像个做错事又不明就里的孩子一样抬头望着她，她头顶是浓密的梧桐树冠，树冠之上是青白的天穹。就在这样的背景之下，张亮靠在车子上，看了看我，又看了看天，无可奈何地笑了笑说："李乐，你看，再怎么说你也是个男的，我也是个女孩子，你能不能骑上车子，让我坐在后面？"我说："行呀，我总不至于驮不动你吧。"张亮把车把交给我，就在我的手扶上车把的那一瞬间，她飞快地放开了手，生怕我碰到她似的。我假装没看见，准备上车。但是张亮又把车架拖住了，她不放心地问我："合适吗，你驮我？"我笑着说："怎么不合适，男的骑车女的坐，天经地义呀。"

"可是你那么矮，我这么高……"张亮有点难为情，不好意思地笑了。

我故作幽默地说："你没学过动物学吗？昆虫里面一般都是雄的小，雌的大……"

张亮大概没想到我打了这么个比方，瞪着我呆住了。我赶紧补充说："不过，昆虫都是雌的背着雄的跑，人就不同了……"

"讨厌！"张亮涨红着脸打断了我的话，一把夺过车子，回头问了我一句，"没看出来，你怎么这么流氓？！"然后自顾骑上车子扬长而去了。我追也不是，不追也不是，丧气透了。好在过了不一会儿她又回来了，虽然看也不看我，到底还是让我坐了上去。

张亮这姑娘就是这样的好心肠，但我却天生记吃不记打，回来后上楼梯，张亮走在前面，我走在后面，我的脑袋正好跟她的屁股在一个水平线上。她可能有点累了，腰扭得厉害，但两条结实的长腿依然弹性而有力，我跟在她后面，无意识地陶醉于眼前的风景，一时连置身何处都忘了。后来她可能察觉到有点别扭，回头问我："你干什么呢？"我昏头昏脑地回答："看你扭，你扭得真好！"张亮的脸今天第三次涨红了，眼睛瞪得老大，奇怪地盯着我，好像我脸上长了条尾巴。但这次她没有骂我，而是手足无措地"呸"了一声，慌慌张张向楼上跑去。那一刻，我心里空落落的，又有一种说不出来的喜悦，简直不知今夕何夕。

从下午开始，我就精神恍惚地坐在办公桌前，无所事事，脑海里有个刻薄的声音不停地在喊:"癞蛤蟆想吃天鹅肉,癞蛤蟆……"这声音男不男女不女,毫无感情色彩,无休无止,十足讨厌。我不知道我的理性哪里去了,但还能感觉到体内在剧烈地斗争,是什么在斗争,我却不能指出来。我枯坐到天黑,渐渐明白:我是感觉到性欲了,成熟的男性对异性美好的的渴望和崇拜。我开始惊讶地嘲笑自己:这么多年来像柳下惠一样坐怀不乱,对风流的鲁小曼和俏皮的郭芙都无动于衷,却在对一个明知和自己根本不般配的女孩的偷窥中完成了性觉醒,真是没脸没皮,狗肉上不了桌面呀。

那天晚上,我写不出东西来,也看不进去书,连晚饭都没吃,一个人到大街上遛达到半夜。明暗错落的建筑,忽有忽无的夜风,都让我感物伤情,我发现自己是一个敏感和脆弱的家伙……

第三章

11

编辑部季度大扫除，每个室都弄得像个游泳池。男同志穿着拖鞋提水洗地板，女同志擦玻璃抹桌子，气氛很像在学校打扫卫生。从各室清理出来的废旧报纸、杂志把楼道都给堵住了。忙了一个上午，主编宋江下令休息，大家都涌向了洗手间，男的冲脚，女的洗手，嘻嘻哈哈地大声说笑，弄得洗手间好像迪厅一样热闹。完了大家坐在会议室的沙发上边休息边吃葡萄。社长赵大妈笑眯眯地问大家："楼道里的废报纸要赶紧处理一下，谁到街上找个收废品的来？"没有人吱声，大家都太累了，一坐下来就不想再动。我看着社长说："赵大妈，让大家都回家吧，我以社为家，我来处理好了。"说话时我的脸就开始发烧了,鼻尖上一定也冒出了汗,——我生怕有人看穿我的企图。幸好赵大妈是个大善人,马上反对说:"不行,那哪行,数你身单力薄了,不能让你一个人干。趁大家都在,一块儿收拾了算了。"我赶紧坚持说:"你们都有家呢,孩子就快放学了,要赶着回去做饭,我反正有事没事都在编辑部,过一会儿找个收破烂的上来拉走算了,我只动动嘴,谈不上累。"主编宋江一直在专心地剥着葡萄皮,这时心不在焉地说:"赵社长,我看让李乐去处理吧,他没什么事情,咱们回去还要忙家里呢。"既然主编说了话,大家就没什么意见了。我感激地看了看宋主编一眼,心说还是宋江讲义气,又能猜到部下的心思。他们起身回家,像电影院散了场。我一直把大家送到楼梯口,觉得自己一举一动都透着做贼心虚。罗成和申公豹各拍了我肩头一巴掌,夸奖我:"好青年呀,我们都要向你学习。"这种初级幽默反而让我镇静了许多,——看来除了宋主编谁也没猜到我的真实意图。张亮挽着赵社长走下楼梯,拐弯的时候扬头看了我一眼,我赶紧回报一个微笑,——老天,我怎么像个小丑?

从窗户里看到他们都走出了大门,我一下子全身都兴奋起来,像个越狱成功了的囚徒。我把那堆报纸、杂志轻轻地踢了一脚,空气中充满了潮湿呛人的霉味,然而这味道让我的心里踏实了很多。尚未完全平静下来,我抑制住兴奋,心浮气躁地下楼了。几分钟后,我领着两个收废品的民工上了楼,讲好价钱,让他们把报纸杂志捆起来称。我在一边看着,不时朝楼梯口望一眼——千万别有谁在这个时候上来啊!一斤四毛,七十斤二十八块。我把那几张皱巴巴的钱折了折,想放进钱包里——我的钱包里就只剩下春节后被鲁小曼扔掉的那张复印的"黑壹佰"——,但那些钱跟钱包怎么看也不像一家,只好又把钱包装起来,手里捏着两张拾元一张伍元三张壹元的那叠钱，看民工往楼下扛报纸。那一刻，我突然悲从中来，——我这是干什么呀，用向民工卖破烂的钱维持生活！有一会儿我把信心和信念全化作了泪水。我靠在白粉墙上，感到前途像盐碱地一样了无生机。

"你靠在这里干什么？喂，你怎么了，病了？"有一个很柔和动听的声音在我头上响起。我一抬头，看见张亮白皙的脖颈和关切的眼神。她穿着一件杏黄套衫，从那里面隆起两个优美的圆凸耸立在我的眼前。我一惊，赶紧说："没什么没什么，有点累了，你怎么又回来了？"我悄悄地把捏着钱的那只手插进裤兜里。张亮依然不放心地望着我。我对她笑笑说："别这么瞪我，害我晚上梦见你呀。"张亮的面色这才缓和下来，对自己的紧张也有点不好意思，略含羞涩地笑了，说："我想来给你帮忙收拾一下，想不到你已经干完了。"

回到我办公室坐了一会儿，张亮端详着我问："李乐，你是不是病了？脸色那么黄。"我捂着肚子苦笑着说："什么呀，饿的，我还没顾上吃午饭呢。"张亮赶紧问："是不是又没钱了？我借给你吧。"说着就打开了手包。我连忙从裤兜里把那团钱掏出来给她看，她皱皱眉头说："妈呀，怎么这么脏的钱！"我说："没办法，收破烂的给的，你以为刚从银行取出来呀。""哦——！"张亮恍然大悟，她目光湿润，认认真真地看着我说："李乐，你是我见过的最能吃苦的人了！"我一时忘了肚子饿，得意而悲凉地大笑起来。"你别笑，我说的是真心话。"张亮皱起了眉头。我叹了口气说："你能理解我这个农村出来的穷小子，我真的感激不尽，我想我慢慢地总会实现自己所应该得到的一切的。"张亮马上说："我相信你，范仲淹都说过，天将降大任于斯人也，必将苦其心志，劳其筋骨……你将来一定会有大出息。"我跟张亮同事这么久了，第一次觉得她讲话有水平，就勾起了和她多说几句的欲望。但是张亮站起来说："走吧，我请你去吃碗刀削面。"这姑娘真是……叫人怎么说呢，善良是当然，更可贵的是她总能先我一步考虑好我的需要，我除了听话，还能表示些什么？

在街上饭铺吃面时，张亮问我："你每个月的工资都买书了吗？"我说："不是，我没那么疯狂，我有两个妹妹，一个上大学，一个读高中，父母都在农村，家里没什么经济收入，我得帮他们分担妹妹们的学费和生活费用。"我鼻子有点发酸，赶紧埋头吃面，从眼角的余光能看到，张亮一直望着我，直到我吃完那碗面。从那以后，张亮常常会这样出神地望着我，我不敢去迎接那目光，但我感到，每逢此刻，我们的心都在毫无障碍地交流着。

12

春天的太阳脚步快，刚吃过晚饭天就黑下来了。寄出的几篇小说应该有消息了，我因此而心绪不宁，书也无心看。我就是这样脆弱，每到决定性的关头就会沉不住气，心惊肉跳的。正无所事事，鲁小曼来了，穿着一身蓝色套装，微笑着站在门口。——这很少见，她平时老是花枝招展，朴素一回，还真给人耳目一新的感觉。按照规律，鲁小曼一般白天来，而郭芙多在晚上来，因为后者与我是近水楼台，前者就要骑十几分钟车子才能赶到。因此我就有了双重的惊讶写在脸上，再加上鲁小曼在我最无聊的时刻出现，让我感到一种温情和安慰，油然心生感激。于是，我就用同样少见的惊喜的表情望着她，老半天说不出一句话。鲁小曼自我感觉很好地站在门口对我笑，我发现她还真的有一点迷人之处——一种成熟之美像光环一样笼罩着她。我由衷地想赞美她一句，琢磨了半天，说了一句："啊，是你呀，我还以为是哪个大公司的公关小姐呢！"我的话还没说完已经很佩服自己头脑的敏捷了——俗艳的鲁小曼之所以这种打扮，正说明她对现代公关白领的生活方式的向往——，便胸有成竹地等待着她的良性反应。鲁小曼果然笑得像朵花似的，她迈开长腿，微微摆动着腰肢走过来，把一只素手轻轻搭在我的肩膀上，摆了个服装模特站台的造型。然后，出乎意料地，她低下头，吻了我一下，那头浓密的黑发倾泻下来，几乎遮没了我的小脑袋。在那一瞬间的黑暗中，我嗅到一股让我心旌动摇的发香，一种淡淡的、有点汗味和奶味的香气。我始料不及，意识跟冲动一起反应过来，我忽地伸出手臂，就要抱住她裹在套装里的小蛮腰，但是，我的手仿佛撞上了一种钢板似的东西，电光火石般停止在空中，又无力地垂下了。鲁小曼没有发觉我这一矛盾动作，拉开与我脑袋的距离，抿着嘴眼神亮亮地看了看我，转身轻轻地坐到了沙发上——那神情既像提醒我回味一下刚才的事情，又像若无其事的样子——，一边捋头发，一边望着我甜甜地笑。我面无表情地看着她，气息难平。不敢想象，就在那一瞬间，我竟然产生了生理反应，我努力保持着平静，竟然不自觉地冷笑了两声。

我都二十四周岁了，可能是孤独的时间有点长了。

我想找点话说，却一点声音也提不出喉咙。最后还是鲁小曼问了一句："你今天晚上还加班写作吗？"——女人在这种事情上真是拿得起放得下。我像被拿掉了嗓子眼上的塞子，轻松地回答："不了，今天没心思。"

鲁小曼莞尔一笑："那——出去走走？"

夜色并不是墨蓝的，而是带一点暗红，可能是大气污染严重的缘故吧。我和鲁小曼并肩走在人行道的树荫里,树荫外是车灯和店铺里灯光交织成的世界,喇叭声和人的喧闹声响成一片。但这更增加了甬道上的静谧,我甚至感到了一点诗意陶然。鲁小曼今天话很少,但这更增强了她对我的安慰,——真不敢想象,我让这个比我大四岁的毫无共同语言的女孩子吻过之后,又和她共享温馨浪漫的散步时刻——我真的寂寞得太久了!

我很强烈地想到:要是这个女孩子像张亮一样纯朴多好,假如她没有了过去的世俗,能够变得知书达理一点⋯⋯

这样想的时候,我已经准备改造她了,我用情侣间温柔的语气说:

"眉子,知道徐志摩吗?他的妻子也叫陆小曼,不过是大陆的陆,我给你起的这个名字也是从她那里来的,她的小名叫眉⋯⋯"

"是吗?"鲁小曼扭头盯住我,一脸喜色地问,"那个徐志摩是什么人?长得帅吗?个子高吗?"

我耐心地说:"他是新文化运动时期很有名气的诗人,风流倜傥,一表人才。"

鲁小曼嘻嘻地笑起来,别有意味地望着我说:"你要是像徐志摩一样就太好了,他不至于像你一样短小精悍吧?"

我的热情和幸福感悄然退潮,不禁失笑,用很有意思的眼神望着夜色中那轮廓优美的脸,我想:有些东西是永远无法改变的。

从世俗角度看,我和鲁小曼走在一起,的确很不般配。虽然她不像张亮那样高得过分,但也比我冒出半个头,就连跟她走在一起像个小女孩的郭芙也比我矮不了一个厘米吧。在此类生活中无处不在的标尺面前,我躲也躲不开,逃也逃不掉,想置之不理都不可能。我对世俗的不屑,经常在不经意间被击溃,然后又得进行一番艰苦卓绝的心态调整,才能重新建立起精神的堡垒。

我由幸福的假想变得心事重重，又变得愤世嫉俗，最后恢复了对鲁小曼从前的看法，又无奈又失望。这样的世俗问题对于鲁小曼来说，本来就是她本身，因此她并不觉得尴尬，而是转瞬间又进入了另一个角色。她略含羞涩地斜瞅着我，轻声慢语地问道："李乐，你说，咱们是什么关系？"我明白，她这是指过去不久的那个吻，还有这夜色下的漫步。是啊，此情此景，怎么不是月上柳梢头，人约黄昏后的良辰美景，结伴徜徉的男女当然只能是情侣了！但是，人能够仅仅为了身体的需求而存在吗？为了欲念和情感而不追求精神的和谐吗？至少，我并不甘心这样做。于是，我有点冷酷地回答她："朋友呀，难道是姐弟？"我眼睁睁地看着鲁小曼眼里的火焰渐渐黯淡，直至于熄灭。并非我真的冷酷，也用不着我冷酷，鲁小曼的问题与她的行动并不是一致的，就算我说我们是知己、是恋人，她也最多再冲动（或者说是感激）地给我一个吻，她不会真想嫁给我的，她不会无视她的标尺的存在。鲁小曼想听到我示爱的声音，只不过要从我这里寻找一份自信和快乐（甚至只是虚荣），就像她当初要交我这个朋友，当然不是因为我英俊潇洒风流倜傥，而是因为我是远近闻名的大才子，做我的朋友，可以标榜自己的文化品位！鲁小曼或许会疯狂地吻我，但那不说明她爱我，只是对我欣赏她赞美她的回报，那吻里，没有激情，有的只是极大的心理满足带来的欣喜和感动。

送走鲁小曼，我一个人往回走，开始了深深的自责：我可以厌弃世俗、远离世俗，去寻找我的精神境界的乐土，但我有什么权利嘲笑从世俗中才能得到快乐的人呢？世俗的标尺，既然它是存在的，它给了大多数人评判的原则，成为人们维护自己生活方式的武器，我为什么一定要否定它呢？我否定了它，但我的自以为高尚的标尺能被大多数人理解和接受吗？他们会依靠新的标尺去生存并获得生活的快乐吗？显然不能，最起码一两百年内不能，或者干脆永远不能，因为我所谓的"新标尺"很可能不过是一厢情愿，是自以为是。那么，既然世俗的标尺的存在是必要的，是为大多数人提供准则的，它怎么就不如我这类人的精神标尺高尚呢？如果世俗能给予大多数人快乐，而超凡只是少得可怜的那么几个人的安慰，凭什么我要崇尚后者而鄙弃前者呢？我鄙弃它是因为我厌弃它，并且我能从与它相反的精神境界中得到快乐，但是我为什么要强求别的和我思想相反的人也鄙弃他们赖以获得快乐的东西呢？是谁赋予我这个权力？！不如让它们共存吧，谁能给你快乐你就投入谁的怀抱，至于那不能接受的，离它远点就成。——这是相处两年多时间，我第一次给出自己离开鲁小曼的理论根据。

13

　　杂志办得不温不火，不到逢年过节，难得发一次福利。不过我们家乡有句俗话叫干啥吃啥，这是个普遍道理，杂志没有个性，像一锅大烩菜，其中就少不了对即将上映的新影片的大肆介绍，一来以此招徕读者，二来可以得到影院的免费赠票。电影票一到两周就要在早会结束时发一次，并不按人头发，而是按每个人家里的人口发，因此大家觉得在这个单位上班也挺牛逼的，——每上映一部新片就相当于省了上百元人民币呀，反正生活那么乏味，找个乐子不容易，恨不得每天都有新片可看呢。

　　电影票由宋江主编亲自发，他是个事无巨细事必躬亲的人。我刚到杂志社上班时，宋主编总是给我发两张票，并且故意大声说:"找个女孩子一块儿去看吧,别把票浪费了。"大家就笑得要死,我这样的小姑娘般的身材和长相,谈恋爱在别人眼里比潘长江演的小品还可乐(后来鲁小曼和郭芙就用这个比喻拿我开过好几次心)。可是连我也没有想到,没过几天就有个如花似玉的大姑娘主动送上门来,不但陪我去看电影,还总在惊讶的同事们面前和我双入双出晃来晃去。非但至于此,这位姑娘把她二八妙龄的外甥女也带来了,她没空的时候,就由她水莲花般不胜娇羞的外甥女陪我去看电影(当然很多时候我干脆把电影票都送给了她们,她们的家人于是也经常免费看电影),因此总的来说,我的电影票也没浪费过几张。这种艳福,假如降临在罗成、申公豹这样的标致小伙头上,实在不失为一桩美事,大伙儿看着舒坦,也可以传为美谈;但天意弄人,老天爷偏偏错爱我这个它曾经给予不公的发育不良头发枯黄的小矬子,这件事在大家看来当然十足古怪。古怪的事情肆无忌惮地发生和延续,势必遭到崇尚公正的人们的鄙夷和非议。但事情又于他们无损,也就犯不着明火执仗地反对,那样反倒显出自己狭隘,闹不好会对自己产生诸多不利,最聪明的法子是表面上替你高兴,背地下你的绊子。至于说几句坏话,对于需要心理平衡的人们来说,那是他们当然的权利!

我想我沉迷在这古怪的恋情里难以自拔,一方面是出于需要(更重要的是心理方面的),另一方面很可能是故意这样做,以示对鄙视我的人的不屑和反击。我的这种对抗,并不是我的思想所愿意的,但它出于本性,我也无可奈何。谁要嫌我扎眼,闭上眼睛得了。除了宋主编发电影票时调侃几句,没有人问过我跟谁一起看电影的事,但我心里明白,对某件事越回避越证明对这件事看不开。社长赵大妈是个老党员,就我脚踩两只船的事找我谈过两回,不过最后总是她自己先放弃立场,每次谈话结束时她都会反省似的来这么一句："唉，其实我也就是提醒你一下，因为我毕竟是你的长辈嘛，至于怎么做，你自己拿主意，都什么时代了，我管年轻人这事干吗呀。"听上去好像这一阵子是我在做她的思想工作，而且终于做通了似的。所以说，对我的荒唐事，大家都睁只眼闭只眼。——只有一个人屑于仗义执言，她就是张亮。

张亮亲眼看清楚我的处境后，马上就质问我："李乐，看不出来你还是这么个东西！"后来我一如既往地找她倾诉其中的烦恼，她先说活该，接着又给我出主意。但事到临头我又总是按照自己的想法去做，早把她的忠告和建议忘到鞋跟底下了。张亮生气归生气，但并不放弃，我觉得她在我的事情上扮演的角色好像负责改造落后学生的团支书，大有革命尚未成功，同志仍需努力的韧劲。每次我领上电影票出来，她都要追到办公室问我："你打算跟谁一块儿去看，鲁小曼还是郭芙？"我说："到时候再说吧，离天黑还有七八个小时呢。"她说："不行，你必须决定下来，并说出理由来。"我说："你这个人写稿子东推西推，也不热爱劳动，倒是很有助人为乐的热情呀。"张亮一听，马上就警告我她有可能不再管我的破事情，也不听我倾诉任何有关这件破事情的任何烦心话了。我赶紧妥协，板起脸来告诉她我今天打算跟谁去看电影，理由是觉得她可能比另一个更适合我，想跟她发展下去。张亮这才沉思片刻，洞悉了我的心事般满意地绽开笑容，并警告我不要把自己的承诺当狗屁。但结果我常常就是把自己的话当了狗屁，偏偏跟另一个打算淘汰者去了电影院，——这多半不能怪我，谁碰巧先来我就跟谁去了。

关于上述这件事，张亮曾带着迷惑不解而若有所思的神情望着我说："李乐，你不应该是这种人呀。"我听了马上万分惭愧，因为我觉得她能说出这句话来，说明她了解我，属于知己一类的稀有动物，我实在不应该令她太失望。于是我决定真的在鲁小曼和郭芙中间做个选择，并从今往后叫另一个"小姨"或者"外甥女"。这种抉择实在有难度，"母女俩"对我各有各的吸引力，又似乎都不适合我。于是我决定下次领上电影票后，抓阄决定，并由张亮做监票人和公证人。张亮虽然骂了我一句"扯蛋"（我从来没听她这么难听地骂过谁），但后来又说："也罢，只要你不再堕落，听上天的安排也是个办法。"她问我："那两个一定会有一个会来吗？"我说："她们早就摸到了咱们发电影票的规律，每到这天就赛跑一样比谁来得早呢。"张亮斜我一眼，又骂了一句："德行！"那天早会上宋主编发票时，我感到心急如焚，与平时等着看好戏似的心情大有不同，因为不久我就要听天由命了，我急于知道老天会把谁安排给我——虽然我并不在乎，但为了给张亮一个安慰，向她证明一下我不是个不可救药的家伙，报答她对我的关心，我很把这事当真。轮到我抬起屁股去拿票时，宋主编故作幽默地笑了笑说："李乐，以后每次给你发三张票，可以带两个一起去。"然后，他真的撕了三张票，郑重其事地递到我手上。我下意识地扭头看了看张亮，她也傻眼了。

接下来的一天里，我和张亮都是一碰面就忍不住笑，对命运的戏剧性安排哭笑不得。中午我请张亮去吃永济牛肉饺子，要了一盘海带丝和皮冻，我还要了一口杯太原高粱白，看我俩的样子，好像要庆贺一下终于不用做那种无谓的选择一样。张亮终于忍住笑，但还是一脸喜色地问我："怎么办，你真的带两个都去？"我说："是啊，左拥右抱，何其逍遥也。"张亮却板起了脸，我赶紧讪笑一下，长舒一口气，正儿八经地对她说："其实我心里很明白，这个选择根本没什么意义。"张亮出神地望着我，我继续说："我选择人家，人家就愿意让我选择吗？哼哼，我跟她们在一起是挺快乐，但是彼此都明白不是对方心目中的，心照不宣罢了。"说完，我无所谓地笑笑，喝了一口酒。张亮一直望着我不出声，我就推心置腹地把我和鲁小曼还有郭芙间的微妙关系以及我心中的真实想法对她倾吐了一番。一碗饺子一杯酒，我竟然和张亮谈了半个下午。回来的路上，刚走进拐向杂志社的那个胡同，张亮突然说："今天晚上我没事，我陪你去看电影吧。"我喝了二两白酒，胆气和自信心都膨胀得比天还大，就很潇洒地冲她笑了笑说："好吧，不胜荣幸。"

在鲁小曼和郭芙到来之前，我们早早就去了电影院，当然先在门口打了两个小时的台球。张亮的球技叫我大吃一惊，她却满不在乎地说："没什么，在学校的时候老跟我男朋友出去玩。"我得承认我马上就傻了，醋意汹涌，但我不敢让张亮看出来，而且那以后也没再问过她这件事，——这就是我对张亮的过去所知的一切（不久我就会说到，就是这几乎不为我所知的过去，差点要了我的命）。因为受她那位遥远的男朋友的影响，我重新感到了自己的劣势存在，好心情荡然无存。那一晚上我就很认真地看了一场电影，别的什么也没想，跟张亮说的所有的话，全是很乏味的对影片内容的探讨，而张亮对我的情绪竟然浑然不觉，一直表现得很兴奋。

14

人有时候会莫名其妙地"发烧"，有一段时间我觉得张亮漂亮极了，我简直对她着了迷。她的肤色健康红润，表情优雅丰富，一颦一笑，每个细小的动作和神情都那么顺眼，尤其连说带笑的时候，不知不觉间我就看得痴了，心中甜蜜蜜的，又不安又舒服。要让我找出她的任何一点缺点来，那是绝对不可能的。我不但把她的美用眼睛尽享，而且心里无时无刻不在赞叹：啊，她可真好看，真美呀……我幻想我是她心目中的白马王子，是让她心仪的英俊骑士，而且我愿意为她去做任何事情，只要能讨得她的欢心。我想，这就叫为之倾倒吧。而张亮也突然间变得开朗起来，又说又笑，还手舞足蹈比比画画，而我就那样魂不守舍地盯着她，尤其她跟别人谈话时，表情之丰富，语调之动人，让我感到大饱耳目之福，——当她对着我谈笑时，我就会感到窒息，甚至头晕目眩，完全不知道她在说些什么，好像她是聚光灯，刺得我睁不开眼睛。我在她面前完全失落了自己，我找不到什么原因使我这样迷恋她，因为这件事发生得太突然了，昨天下班时我还认为她大大咧咧没有出息，今天早晨她一出现就让我看到了掌握自己灵魂的女神，拜倒在她的脚下——不是五体投地，而是变成了一摊泥。我想是不是自己突然得了什么病？

在这种情况下，我再看鲁小曼和郭芙，发现她们长得真丑，不但五官搭配失调，脸上雀斑过多，而且举止轻狂，言谈粗俗。我不知不觉间对她们冷淡起来，并开始可怜她们，好像面对两只脱了毛的孔雀，几乎不忍目睹。出人意料的是，无论是鲁小曼还是郭芙，都空前地温柔了许多，对我言听计从，甚至可以说尽力讨好。我搞不清发生了什么事情，可以肯定不是在做梦，但也不敢相信生活的真实性。即使这样，我还是开始近乎粗鲁地打发走鲁小曼和郭芙，然后乖乖地坐在张亮对面听她说些乱七八糟的废话，——她说过些什么内容我一点都记不得了，我只是迷恋她的表情和声音。我笑眯眯地端坐在那里，听见她嗓音圆润悦耳，我就不停地微笑，她动听地笑一声，我就跟上哈哈大笑，看上去两个人谈得很投机，其实比对牛弹琴还乖谬。除了外表的美丽，张亮同时善解人意起来，我常常刚张开嘴，她就替我把话说出来了，或者干脆把事情漂漂亮亮地做了。我简直想把心掏出来，炒成一盘菜，亲自喂她吃了。——我爱上她了吗？！

好在这一切并没有让我变得心浮气躁茶饭不思，也没有影响我的读书和创作，相反，我觉得自己比以前聪明了好多，精力也分外充沛，往桌子上一趴就是好几千字。反观我的现实生活，我强烈地感觉到它需要一个相应的改变，尽量全面的改变。首先我应该每顿饭都能吃上热饭热菜，其次我应该穿得体面一点，要有大才子的风度。我想如果加强锻炼的话，我或许还能再长高几个厘米。但这些都需要花费不少时间，可以立竿见影的是软件建设，于是我想办法省下了十块钱，跑到美发厅把我那头又黄又软的长毛染得乌黑发亮（如果当时像时下一样流行男人染黄头发的话，我那笔钱就可以省下了），并理成了流行的郭富城式四六分头。我每天都把自己洗得干干净净的，衣服也不染纤尘，精神抖擞地进来出去。这样走在张亮面前时，我发现她别有意味地看着我笑。但是她始终没有发表什么意见，倒是鲁小曼有一次发自肺腑地对我说："李乐，你长得其实挺帅的，就是型号小了点，如果再高上十几厘米，真是个美男了。"我确信鲁小曼不是恭维或者挖苦，因为她这人过于简单明了，她的眼睛不会说谎，她夸赞我时眼睛里有火花闪了一下，说明她真的动了一下心。

我从鲁小曼那里找到信心，但并没有投桃报李，倒是在张亮面前故作潇洒起来。但我还不敢对张亮表白些什么，因为我迷恋她是一回事，她怎么对我又是另一回事，——张亮不会因为在我眼里变得迷人起来就喜欢上我。不过这丝毫不影响我的兴奋和热情，我甚至庆幸于自己的不能自拔。可是过了一段时间，张亮在我眼里突然又黯淡失色了，——仿佛不是她没有了光彩，而是我突发了色盲症。无论我怎么努力也找不回她在我心目中完美无缺的形象了。我搞不清这是心理变化还是生理变化，我费解地想：那段时间我为什么会对张亮那样狂热和迷恋呢？我想来想去想不通，只好得出个结论：我可能是吃错药了。

我"清醒"过来后，发现鲁小曼和郭芙根本不是那么不堪入目，张亮也并非仙女下凡。

有一次编辑部加班，张亮跟罗成他们打了半夜扑克，快天亮时，张亮到我办公室转了转，看见我埋头疾书，站在我旁边看了一会儿，终于忍不住问道：

"写什么呢？"

我抬起头来，揉着酸痛的手腕说："写个文学评论，你们忙完啦？"张亮拉了把椅子在我对面坐下来，不怀好意地说："忙什么呀，打了一夜扑克。你一个人在这里不闷吗？"我眨眨干涩的眼睛，笑着回答："不觉得，投入进去时间过得很快。"

"你可真有恒心，是不是觉得写作能改变你的生活？"

"那当然啦，这是我一生的寄托。我首先要争取能靠写作生活下去，然后争取取得更高的艺术成就。"

"写作能养活你？"张亮像看一个外星人似的问，语气里有点大惊小怪的意味。

"肯定能，但这不是我最终的目的，我……"

我刚产生出和她畅谈一番的欲望，张亮打了个哈欠说："算了，不耽误你的时间了，你赶紧写作吧，我要回家去睡一会儿了。"

我望着张亮美好的背影，从前对她的看法和评价一起沉渣泛起，我惋惜地想：可惜了这么个尤物，竟然不懂得崇拜有抱负有追求的奇才。从那以后，我认定了张亮并不是我的红颜知己，并且对自己曾经那么迷恋她而深感羞愧。

15

鲁小曼和郭芙当然也不能算我的红颜知己，跟张亮一样，她们都当得起红颜，却谈不上知己，于是我就有理由等待或者寻找那种为我甘于抛弃一切和付出一切特别是肯为我改变世俗标尺的女人。我从前是拒绝别人介绍对象的，经过对张亮的迷恋之后就不同了——她使我不再对漂亮的女孩子有所畏惧。后来我跟好几个姑娘相过亲，但结果很不理想，大多数女孩子嫌我太矮，而我则觉得她们都过于普通，没个叫人眼前一亮的。

有一次郭芙来找我，笑眯眯地看着我，就是不说话，憋不住了才笑嘻嘻地问："听说你相亲去了？"我像被人当众脱光了衣服一样不自在，嘴上说："没的事，别听他们胡说八道，我哪里有那时间，再说，我也不缺女朋友呀。"没想到郭芙认了真，单刀直入地问："谁是你女朋友？我小姨？"我马上感到如冷水浇头，——虽然我并没有爱上郭芙，但很希望她能对我情有独钟（我也一直以为是这样），所以她无所谓的态度令我深深失望（虽然我也拿不准她是不是故意这样做）——不知道如何回答她，想开个玩笑说她才是，又怕她无情地嘲笑我。天哪，我在我认为无知的人面前竟然如此自卑，难道就因为她是个女孩子？对于男人来说，女人能干或平庸都不影响她的原始魅力？嘿嘿，我开始反思自己为什么会一直讨好周围并不出色的女孩子了：在我的眼里，她们是神秘的异性，是能给我安慰和我所需要的，因此我才并不苛求她们是否有才华，是否与众不同，——这是我的自甘堕落，向庸俗妥协，还是我难以克服的人的本性，或者干脆是我的美德？

无论如何，我当时并没有想到，如果一个女孩子不是对一个男孩子有意的话，她为什么会每天跑来找他，面对他，难道就因为她无事可干？就因为她觉得他有才华，来听他讲道说法、欣赏他酸文假醋舞文弄墨？如果我想通了这点，或许我就能理解郭芙为什么会说我"除了文学什么也不懂"，或许我就会发现她真的喜欢我。虽然我并不欣赏她，但结局就不仅仅是遗憾，而会以坦诚相见而善始善终。但是我实在没有想过郭芙会真的爱上我这个小矬子，我连开玩笑说她才是我女朋友的勇气都没有。这里面作祟的，不是我的自尊，而是虚伪和自卑的合谋。幸好我并不深爱郭芙，要不然，留给双方的就不仅仅是个谜，是个怨，而是一种一生都难以排遣的恨了。

在这一点上，鲁小曼做得就比较好，虽然后来她曾打算和我结婚，但在那之前和之后，她一直明确地说我们只是朋友，因为我不能给她所想要的，比如体面的丈夫、昂贵的首饰、花不完的钱等等。鲁小曼还始终不相信我的发展，认为我充其量也就是个小地方的小名人，蹦跶不到哪里去。她的目光短浅使她减色不少，当数年后我进入这座大城市，并成为驰名全国的青年作家，她在对她谈起我的人面前无言以对（虽然她极力地表现出平静的样子，但她那不会撒谎的眼睛已经说出了她失落的心情）。但请相信，她惊讶和艳羡的也只是我的名与利，至于她本人的思想境界和人生观，并没有受到冲击和改变，更不用说提高了。

跟几个女孩子相过亲后，我才发现无论长相还是素质，鲁小曼和郭芙比她们都要出色一些（这可能是介绍人认为她们这样的和我条件相当,不是没有好样的,而是她们没有坐到我面前),于是对这个世界变得很失望,有时候认为是自己福薄,遇不上才貌双绝的奇女子。对我找对象的事,张亮表现出在我和鲁、郭二人事件上一样大的热情,她不但夸我能够认清形势脚踏实地了,还亲自给我介绍了她的一位同学。据她讲,这位姑娘不但人长得标志,心眼好,还是个文学爱好者,最让我高兴的是,她一直视我为偶像,长期剪贴收集我发表过的作品,如今已有厚厚的两大本,比我自己保存的还完整,几乎可以说是我目前的作品全集了。

"真的比你自己保存的还完整呢!"张亮表情夸张地说。

后来张亮煞费苦心地安排我们见了一面,我对这位叫香灵的姑娘的印象是:漂亮、活泼,而且聪明伶俐,但跟我有同一个缺点——个矮。我真是佩服张亮,自古道"媒人是杆秤",她可真会称!最终我给出张亮不同意的理由是:我想改良一下品种,不想世代比人矮一头。再说了,般配倒是般配,走在人群里,一个矮不打眼,两个都小巧玲珑,活像来自小人国的情侣,那就太有喜剧效果了。

至少在当时,我虽然标榜自己的境界高尚不入凡俗,但那些世俗的标尺和观念还是左右着我,在整个香灵事件的始末,使我发现它们不是不存在于我的身上,而是被我深深地埋藏了起来。我很快就会讲到这个甚至比主线故事更重要的插曲。

第四章

16

刚认识的那一两年,鲁小曼和郭芙经常一起来找我。鲁小曼总是很淑女地坐在我对面,笑而不言地望着我,偶尔我说出一句有意思的话来,她先是大笑,又赶紧掩住嘴,很不好意思地瞅瞅我,笑意在眼里荡漾;郭芙则在屋子里跑来跑去,翻我书柜里的书,或者跑到窗户那里大惊小怪地指着外面大叫一声:"快来看,那是什么?快点呀,你们真讨厌!"只要有鲁小曼在,我就觉得郭芙是个孩子,仿佛我真是她的姨父,心里充满了慈爱的感觉。我们对她的话充耳不闻,互相对望着——假如鲁小曼是个哑巴,我或许真会喜欢上她——感受着一种假设的、不堪一击的幸福。我和鲁小曼的关系，像一个谜语，不说话时，爱情的假象不知不觉就笼罩了我们；一旦开口，彼此都在迫不及待地声明只把对方看作朋友——偶尔的暗示，也更像是在调情。这一切只有一个旁观者，那就是同样找不到角色定位的郭芙。我不知道郭芙怎么看待我和她小姨的关系，只是每当看到我们互相望着不再说话时，她就会跑到我们跟前来，一脸讥讽地说："哟，又玩起浪漫来了，真讨厌，什么不好学学电影里，你们实际一点好不好！"

我和鲁小曼就慈爱地望着她笑，像面对一个不懂事的小孩子，一副心照不宣的样子。

郭芙就会笑弯了腰，拿小手冲面前的空气打几下，叫道："讨厌，真讨厌，别看我！"然后她一拧身，逛大街似的悠闲地走到长沙发那里去，坐下来，低着头，不看我们，也不说话。

"你看她那副样子，谁惹了她似的。"鲁小曼望着郭芙笑，对我说。

"嘿嘿，"我依然慈爱地望着郭芙，笑一笑，不说话——我不自觉地进入了姨父的角色，觉得眼前这个小姑娘像女儿一样可爱。

郭芙一个人坐在那里，不知有没有在听我们说话。我和鲁小曼有说有笑，仿佛忘记了她的存在。

"啊！"突然间郭芙就大叫一声，然后抬起头来，满脸喜色地嚷嚷，"知道吗，知道吗？那个……"

我和鲁小曼就停下来，再次笑眯眯地望着她，听她颠三倒四的长篇大论。

到了午饭时间，我看看表说："不早了，去街上吃饭吧。"

"好呀好呀，谁请客？"郭芙一脸喜色地大叫。

"当然是男士了！"我拍拍干瘦的胸脯，豪气干云地说。

"算了吧，你有钱吗？"鲁小曼顷刻间就恢复了和我的距离，她一把拉起郭芙说：“你真讨厌，家里的饭还吃不下你！走，回去。”郭芙就笑嘻嘻地跟上她走了，留下我突然间站在空荡荡的办公室，望着她们消失在门口。这一切仿佛都是在梦中，我下意识地摇着头问自己：“李乐，像你这样的人，也能成为大作家吗？”

后来格局就发生了很大变化，首先是鲁小曼和郭芙很少一块儿来了，虽然来的那一个也会很随便地问一句：“另一个没有来吗？"但也只有这一句，下面再不会提到了。无论跟她们哪一个单独相处，我都感到从前的轻松和愉快荡然无存了，有一种沉重的东西在潜滋暗长。她们都很少跟我说话，沉默的时间变多了，但都开始帮我做一点洗衣买饭的事情。谈话的时候，我能感受到斤斤计较的不畅快，我再提起那一个时，面前这一个就会表情黯淡。

直到有一天，我发现了一个心惊肉跳的秘密。

鲁小曼正在我这里帮我煮方便面，郭芙来了。我没有听见她们互相打招呼，就停止了写作，抬头看着她们。鲁小曼用眼角余光看了看郭芙的鞋，头也没有抬。郭芙径直向我走过来，翻了翻我的手稿本说：“怎么这么乱，连修改的地方也没有了，我给你抄到稿纸上吧。"她不容分说地从我手底下抽走本子，把笔也拿走了，坐到旁边的办公桌上去誊写。

"你把笔和本子都拿走，我怎么写呀？"我尽量口气轻松地问。

郭芙看了一眼埋头煮面的鲁小曼说：“你吃饭吧，吃完饭睡个午觉，起来我就给你抄完了……我是那不懂文学的人吗？”

鲁小曼动了一下，还是没抬头。直到泡沫把电热杯的盖子顶开了，她才惊叫了一声。

我吃面的时候，鲁小曼一声不响地坐在我对面看着；郭芙坐在另一张桌子上抄稿子。我觉得很别扭，又夹杂着一丝不光彩的喜悦，脑子转得像风车，心思全不在吃饭上，结果面也不知道吃到什么地方去了。我想问一下她们是不是闹别扭了，可是直觉又告诉我不该问这个无趣的问题，此时难得糊涂最明智。

吃完我去楼道那边上厕所，一路上想把这事搞清楚，脑子好像凝固了，根本就不转。快走回办公室时，我听见她们在说话，好像还有笑声。我有点失落，甚至有种受了捉弄的愤慨，就快步走回去。——她们还是保持着原状，一个在抄写，一个在洗电热杯——嘴都闭得紧紧的，根本不像说过话。

难道是幻觉？我有点半梦半醒之感。

后来我躺到沙发上睡了一会儿，鲁小曼也趴在桌子上睡了。上班之前，郭芙叫醒了我，她居高临下地站在我面前面无表情地说："起来吧，我抄完了。"我说拿过来我看看，她依然板着脸说："桌子上呢，你自己去看吧，我上班要迟到啦。"

她刚走出门去，鲁小曼也醒了，理了理头发说："我也走呀。"我说嗯，坐起来看着她也出了门。鲁小曼好像一直皱着眉头，然后我就听见她们的脚步声一前一后地响在空荡荡的楼道里。

估摸她们下了楼，我走到窗前去，想看看她们怎么走出大门。

结果我看见，她们两个走在一起，郭芙搀着鲁小曼，两个人有说有笑，完全像从前一样亲密无间。

17

我说过，对张亮的过去，我一无所知。

就是那一无所知的过去，差点要了我的命。

我停止对张亮突如其来的剧烈迷恋后，落下了一个后遗症，看见张亮跟别的男人说话，心里就酸酸的；假如张亮跟罗成和申公豹开玩笑被我看到了，她不可避免地要遭到我的报复——我总能在这一天时间里找个机会向她施以恶言或冷遇。我明白自己没有资格这样做，也很清楚这是卑鄙和自私的行为，但丝毫不能控制自己。对张亮的报复总是自然而然地到来，根本不需要去精心策划和费神考虑，就像所有不经意间发生的事情、不留神说出的话一样——在这件事情上，我已经在受着潜意识的支配了，——我总是在事后才意识到自己不该那么做，但可悲的是，下次不但不能改正，而且愈演愈烈。

纵然这样，张亮在我心目中依然纯洁而高尚，她不像鲁小曼和郭芙，从来没做过我的精神自慰对象。我对张亮的感情是奇怪的：又向往，又时时欲加遮掩。于是那件可怕的事情的发生就变得理所当然而猝不及防。

初夏的午后，窗外的树木和窗内的桌椅都懒洋洋的。编辑部没几个人，第一室就我一个人趴在桌子上编稿子。

张亮进来了，面色潮红，鼻尖上密布着一层细细的汗珠。

我望望她，满心奇怪地问："你怎么了？脸那么红。"张亮羞涩地一笑（这个表情可不多见）回答："没事，这件衣服的颜色晃得。"她用中指和食指捏住连衣裙的肩部，不自然地往上提了提。我这才注意到她穿了一件大红的连衣裙，颜色亮得发暗，如果用力去看，能看见里面白色的衬裙。

"有什么好事情？"我用欣赏一朵花的目光打量着她问。

"帮我一个忙吧。"张亮咬咬嘴唇说，"帮我拨个长途电话。"

我看到她薄薄的淡红色嘴唇在细密整齐的牙齿的压迫下慢慢泛白,仿佛听见血液一丝丝从她美丽的下唇退潮。而她认真地看着我的眼睛,静静地等待回答。我笑着问:

"打给什么神秘人物,还不敢自己拨?"

我已经隐隐感到有点不快,直觉告诉我她可能是打给那种人。

果然,张亮说:"给我北京的一个同学打,就是我以前的男朋友,我记得好像跟你提起过他……我,我不想让他家里人知道是我,因为……不说了……"她把手里握的一张纸条展开来,放在我面前说,"就这个号码,打通了就说找姜明,问你就说是他同学,等他自己接上再给我。"

我努力笑了笑,面部肌肉有点不大听话,不过我还是故作轻松地说了句:"下次打用你们办公室的电话啊。"然后开始拨号。

张亮坐到沙发上去望着我,神情有点紧张又有点不以为然的样子,这使我更加感到心情恶劣了。

电话通了,那边有个女声问:

"喂,找谁呀?"

"姜明在吗,我是他同学。"

"找小明呀,你等等,我去喊他。"

我捂住话筒对张亮说:"一个女的,声音挺柔媚,是他媳妇吧?"张亮扑哧一笑说:"他嫂子,他对象还不知道在哪里呢,媳妇!"

这么说并不是因为对方结婚了张亮才不敢打电话的,我感到有点费解,一种莫名其妙的烦恼涌上心头:难道他们也是像我和鲁小曼这样的关系?

这时电话那边有人哗啦拿起了听筒,一个略显深沉的男声问:

"喂,谁呀?"

我说:"你稍等一下!"然后把听筒递向张亮。张亮赶紧跑过来,又故意放慢动作接过听筒说:

"喂,老姜,是我。"

我从座位上站起来,坐到沙发上去,不由自主地观察着张亮阳光灿烂的笑容。张亮并不激动,有一句没一句地说着话,突然转过身来,对我打了个手势。我愣了半天才明白,她这是叫我回避呢。我想也没想就赶紧溜出来,遛达到第三室去——没什么正经事的时候,我还是很爱跟帅小伙们乐一乐的。

只有罗成一个人在,正专心地画油画,袖子挽得老高,架势之大好像个屠夫在杀猪。我站在他身后欣赏了半天,对画布上那些变了形的动物有点费解,比如说:狗的耳朵比大象的还大一倍,马却像个小老鼠,并且只有两条腿。

罗成装作才发现我的样子,转过头来笑呵呵地问我:

"怎么样?欢迎批评。"

我说:"你是在学毕加索吧。"

"对对,表现主义。"罗成满脸惊喜地说,他显然没想到我懂画。其实我也就学过几天,只能说会欣赏。我接着提出我的疑问:

"你为什么非要让画中物变形?"

"不是说过了吗,表现主义呀?毕加索就是这样的画风。"罗成有点不高兴了。

我才不管他高兴不高兴呢,继续阐述我的观点,我笑了笑说:

"毕加索早期的画并不变形呀,他是发展到后来唯有变形才能表现时才不得不变的,你怎么能刚学就变形呢?"

"你懂得倒不少!"罗成似乎很豁达地笑着说,"学习大师当然要学他最高的境界啦。"

我不依不饶,抱着双臂认真地看着他的画说:

"一位艺术家,穷尽一生的经历和探索,才能达到相对至高的艺术境界。这时候,他的艺术精神和领悟程度就会自然地冲破传统技法的束缚,从而创新或变形,以达到他表现的极致。毕加索就是这样的。而后来者只能从其作品中体会到震撼和启发,并不是说要去模仿他,这样是不能学到他的精神内核的——我是说,要重精神,而不是服务于表现精神的形式。"

罗成笑眯眯地说:"总有一天会学到吧,先形式后精神也可以嘛。"

我把目光转向他,认真地说:"不对,学得再像也没有内在精神和独到的发现,更不要说创造,也就是说,不同的形式都可以表现至高的精神内核,而相同的形式其艺术高度却有可能相差万里。你这样下去,再高明也是画匠,是成不了画家的,更别说大师了。"

罗成哈哈一笑说:"你太高看我了,我画画是为了挣钱,并没有想过要当大师。"他一歪嘴得意地说,"仿得像就有人买,几天画一张,一张好几千呢。要不然我买得起'广本'?"

他这是暗讽我的穷困潦倒,这张可怜的底牌,他们总是在败给我时把它当作救命稻草一样甩出来。我刚想再刺激刺激他,张亮在楼道里喊:

"李乐儿,你去哪里啦?"

我对罗成说:"你先画,我一会儿过来看。"罗成爽快地说:"随时候教。"但我听见他在心里说:快滚,再别来了!我转身轻松地走出去,感到自己异常高大。唉,要不是这典型的矮身材,我李乐真一风流大才子也!——一点点优越感,就让世俗的价值观不失时机地猎获了我的精神,人可真是个容易变轻的物体。

18

张亮后来不来我们室给北京打电话了，她在自己办公室打个内线，把我叫过去替她拨，拨通了冲我扬扬手，意思是没我什么事了，我就知趣地回自己办公室了。

有一次我出了她们室，故意慢腾腾地磨蹭，想听听她说话的内容——更重要的是语气。但张亮把声音压得很低，只能听见一点快乐的尾音。再后来她一拿过电话就冲我顽皮地说一句：

"劳驾把门带上。"

因此对她的过去我一无所知，——那个姜明一直是个谜。

我不知道该怎么办，想拒绝这种代劳，又找不出足够的理由。仔细想了想，我的确对张亮给姜明打电话反感强烈，但反感归反感，作为同事和交情不错的朋友，帮人拨个电话号码有什么可乐意的？我不能说服自己若无其事甚至快乐起来，于是就向相反方向堕落，心情越来越郁闷，脾气越来越暴躁。

我妈曾经疼爱地骂我是个话比屎都多的人，这个时候，我却沉默寡言得像骆驼祥子。更糟糕的变化是食欲的减退，我这个从农村练出来的大饭量，此时像被人偷换了一副鸡肚肠，看见饭就饱，勉强扒拉两下，又勾起一阵干呕，好在还能喝，就拼命地往下灌属于食物的一切汤类。我的体重原本不足45公斤，一段时期的厌食下来，干干净净剩了40公斤，——纯粹只有筋骨皮了。

我原本梦想有一副高大健美的躯干，后来改向精神中寻求伟大了。现在则连承载精神与思想的基本容器也将不复存在，反而不知道理想和恐惧是何物了。只有那一缕精气神整日在头顶飘荡着，牵引着这躯干梦游般来去。最糟糕的是我连应付工作的精力都没有了，更别提多余的精神去读书和创作。——有一种来自本性中的东西榨干了我的高尚，并且让世俗孕育的魔怪凶狠地骑在我的头上，它就要压垮我了——一点渺小的卑劣竟然是如此的沉重，我被嫉妒和不能满足的爱欲扒光了所有的防护，摧毁了所有的支持，扔到炼狱中去了。我明白，此一劫如果渡不过去，我可能毁于对一个女孩子不正常的单恋之中，不但小命要完，所有的理想和追求都将化为泡影。

——但我无力自拔。就连那些神圣的书本也漂离了我，使我无从借力。沉入深渊只在旦夕。

我依然挣扎着替张亮拨那个电话。我整日危坐于办公桌前，胆战心惊地等着她喊我。

不幸，有一次我们室的电话占线，张亮就跑过来喊我。

我听见楼道里的熟悉的脚步声，呼吸开始急促。一扭头，张亮悄没声息地出现在我们室门口，她冲我招招手，心照不宣地说了三个字：

"喂，电话……"

"啊！"我说，然后猛地站起来，笑着向她走去。但一时间找不到心跳在哪里了，呼吸根本进入不了填满泥土一样的胸口，脑子里出现了一个爆炸的闪光，然后有一团紫雾像烟圈一样笼罩在张亮美丽光洁如雕塑般的脸庞周围。

"哦……"我说。然后……

我竟然倒了下去！

醒来后看到上空有两张人脸，一美一丑，丑的是占用电话的那位同事，美的是张亮——天，人在昏迷初醒后的分辨美丑的能力竟是如此之高，大脑竟是如此之清晰，眼神竟是如此之锐利。

我躺在地上，感到浑身水淋淋的极不舒服，那是刚刚出了一身大汗的缘故。额角火辣辣的，肯定是磕破了。我一声不响地望着张亮葱白似的臂肘，我多么想躺在她的臂弯里安适地死去呀。但我只是无力地对她们笑一笑。

张亮和那位同事对视一眼，几乎同时说：

"打急救电话吧。"

我赶紧说："别，不要声张，我没事。"

我真的没事，在她们的搀扶下靠到沙发上，舒服地闭上了眼睛，那种安适的黑暗让我几乎再也不想睁开眼睛了。如果不是刚才着急阻止她们打电话造成的心慌让胸口有点憋闷，我几乎喜欢上这种似死非死的懒洋洋静悄悄的感觉了。

19

我被张亮那未可知的过去折磨得命在旦夕的日子里，鲁小曼和郭芙却不见影子了，商量好了算计我的小命似的。后来我也再没对鲁小曼和郭芙提及过这件不光彩的事情，免得招来她们的嘲笑。为单恋一个人而险些失去生命，本来是很可贵的事情，但我拿不准鲁、郭二人听了会不会因为吃醋而对我进行人身攻击。况且这件事情的发生并不纯粹是被爱折磨，我扪心自问过，觉得自己并不至于那么爱张亮——说为了张亮，还不如说为了姜明——，而且张亮也不见得会明白我的一片心呀，或许，她会引以为耻，从此再不给我

第四章

接近她的机会呢。

有一个人在这时候走进了我的生活。她就是张亮曾经给我介绍过的那个叫香灵的姑娘。当时我已经像个风烛残年的老人，爬三层楼梯都要歇好几回，但硬撑着不去医院，一来因为我没有钱，二来怕家里人听到我住院的消息担忧。张亮倒是个不避嫌的磊落的人，她提出借钱给我去医院，我拒绝了她的好意。我已记不清楚当时怎么想的，不想花钱是一方面，但当时竟然还有就此死去的打算，并且觉得为了心上人死去，而她又一点也不明白，真是一件高尚的事情。人有时候就是这样的自恋，为了一种情绪的享受而忘却应该担负的责任和要追求的目标。好在张亮灵机一动，想起了她的同学香灵，那姑娘是医学院毕业的呢。

说张亮灵机一动，好像她把我多么当回事似的，实际的情况是她在和香灵的闲谈中说到了我的状况，后者大惊失色，马上要来看我。这都是香灵后来亲自告诉我的，她还说她一听到我身体崩溃的消息就好像最亲近的人出了事一样心疼。我相信她的话，因为我有时候也会没缘由地觉得自己为一个毫无关系的人牵肠挂肚，发现自己深深地爱着她。香灵就是因为对我的崇拜而导致疯狂的爱恋，在她一点也不了解我个人的时候，通过我的文章与我精神相通，从而爱上了我。我不知道世界上还有多少这样感人的爱情，它又莫名其妙又纯洁无瑕。就是这种爱救了我的小命，也为世界留下了一位诺贝尔文学奖的角逐者（自嘲而已）。

实在地说，是香灵救了我的命。她不知道根据什么看出了我的病因，每天早上上班前和晚上下班后都提着两包中药来给我煎着喝，药锅是张亮买的，电炉子是香灵从家里拿来的。我对香灵说不上反感，除了个子矮，她长得满可人的。我看着她毫无理由的焦急的样子，看着她熟练而认真地煎药的神态，突然感到很悲伤：我为了一个不解风情的女子而把自己折磨成这样，却是另一个爱我的女子来拯救我，这一切谁能给出一个理由来呢？香灵第一次来当然由张亮陪着，后来几次煎药时也是她们两个人一起弄，再后来她就一个人来了。我觉察出她是有意趁张亮不在的时候来，不知道她是否看出张亮就是我的病根。开始我很不好意思麻烦人家，后来渐渐觉得香灵很亲切，好像前生是我的妻子似的。煎药的时候，我们就在中药的香气中谈点杜拉斯或者王小波，她说假如他是王小波的妻子，一定比李银河做得还要好，她会一辈子守着他，不让他有机会死掉。——我才明白，香灵爱的并不是人的李乐，而是文学的李乐，这样的姑娘，八十年代一抓一大把，如今都快濒临灭绝了吧。没有一个星期，我认识到香灵竟然是个很有灵气的姑娘，她对文学不仅仅是盲目的热爱，而是很有两下子，竟然还懂得萨特是为了图解他的哲学思想才写小说的。她说到这些伟大的作家的时候，总不忘记提到我，对我的前景做一番展望。每当这个时候，我都会被她说不出的可人的神态所吸引，同时我感到了一个女人对我的诱惑。有一次我心不在焉地看着她眼睛一翻一翻地说话，心头一阵阵的冲动，有一种沉重的东西侵入了我的血液，让我心神不宁又不想动弹。当时，我就躺在办公室的长沙发上，而香灵为了熬药方便坐在我脚那边的沙发扶手上。我鬼使神差地站起来，走到门背后的脸盆那里去洗手，洗完手装作很随意地把门关上了。

我转过身来，留神了一下香灵的反应，她蹲下去搅药，好像没有看见我的动作。我又走回去躺下，看着香灵坐回沙发扶手上，然后，我向她伸出了一只手。

"怎么了？"她问了一声，看着我，想笑，嘴角咧了咧，表情很不自然。

我依然把那只手伸在空中，盯着她的眼睛，说：

"把你的手给我。"

她几乎还没有把我的话听完,就把一只小手塞到了我手里,同时身体往下倾。我攥着她的手,轻轻一拉,她就伏到了我身上,暖烘烘软绵绵让我觉得很舒服。

然后我们就开始接吻,一次又一次地长吻,我几乎快把她的嘴唇咬下来了。然后我又开始解她的衣服,她闭着眼睛,很大声地呻吟起来。可能是怕外面有人听见,刚解开她的皮带,我的热情就急速地退潮了。我把她紧紧地抱在怀里,想把她榨出水来似的。后来她也渐渐平静下来,并没有不好意思,而是静静地和我对望着。

又一次长吻过后,她说:"药好了,先喝药吧。"

我躺在沙发上,她坐在旁边喂我喝药,像一个慈母或贤妻。

喝完药,她又坐回我身边,我抱着她,抚摸她,虽然很激动,但始终保持着最后的分寸。突然,我放了一个屁,她用小手在鼻子前面扇了扇说:"嗯——,你放了一个中药屁。"于是我们就开心地大笑起来。

这时候,有人敲门。张亮在外面问:

"你们关了门在叽叽咕咕什么呢?"

20

我最终没有和香灵恋爱,倒不是完全嫌她长得小,而是那天张亮敲门进来后,我很不自然,而香灵却像个偷情老手似的神态自若。每当我觉得自己就要接受香灵时,总会想起她那时候若无其事的样子,还有她夸张的呻吟,这使我对她产生许多猜忌,热情也渐渐地消减。特别是后来发生的两件事情，让我断然离开了她。张亮曾问过我原因，我没有告诉她——这种事情也无法启齿呀。如果张亮看到我的这篇小说，她自然会明白我的苦衷。

我不知道还有谁会和我一样乐于吃醋和嫉妒成性，虽然我是个毫无男子汉特征的矮子，在我的潜意识里，却认为所有的女人都应该对我有好感，无论她是美的或丑的，都该急于获得我的青睐和垂爱。而现实的状况当然不是这样，于是我得到的只是心理的扭曲：看到任何一个女人对一个男人表示好感，哪怕她只是跟他说那么一两句可有可无的话，也会激起我的嫉妒之火；甚至，我看到那些恩爱夫妻，尤其是新婚的小两口甜蜜地打闹，我就会坚决地认为那个女的是在欺骗那个男的，因为她爱的其实是我，也只能是我。这种心态，不知缘于强烈的自恋，或者由自卑产生的极端自信，还是我富于幻想的天赋造成的。总之，它就是我冷落和拒绝香灵的根源。

我的病情稍有起色后，香灵每天都从家里带了可口的饭菜来——她每次给家里做饭都要偷偷地多做一个人的，悄悄地把那一份装进饭盒里，然后等不及家里人都吃完，匆匆地骑着摩托车来给我送饭。有一天早晨，我洗脸时觉得手掌的面积比以前大了许多，照了照镜子，发现自己竟然胖了不少。那一刻，我凝视着镜子里的自己，觉得不只是胖了，个头也有点高了。香灵来送饭时，我把这个感觉告诉了她，这小妮子瞪着我看了半天，然后说："这都是饲养员的功劳嘛。"那天是双休日，没人来上班，我们就关上门打闹起来。就在两情相悦的时候，香灵在幸福感的熏陶下，给我讲起了她的过去。她说在知道有个李乐之前，她还爱过一个人，认真地说，那个人并不值得她去爱，而是因为他的外形酷似"伤感歌星"王杰。香灵说：

"唉，想不到我读遍中外名著，自以为精神自主，有别于世俗中人，却落了个追星族——不但追星，还委身于'星'的替代品来自慰，真是可悲。"

我劝她说："智慧再高超、境界再高深的人，只要他还食人间烟火，就有他所冲不开的本性，何况情爱是人生基本的乐趣和需要，被它所迷，反而证明了你是个真诚的人，是个感情丰富的正常人。"

"是吗？"香灵瞪着圆眼睛看着我，亲我一口说，"什么事情被你一说，就合情合理了，怪不得你能当作家呢。"

我被她这么一夸，不由认真起来，甚至有点严肃地说："所以我要提醒你，你的爱可能有偏差。"她瞪着我，我继续说，"你仔细想想，你对从前那个男朋友的爱，其实是对王杰的爱，爱不到王杰，就爱他的替代品。至于对我嘛……"我想尽量让表情缓和一点，却更加严肃地说，"你爱的也不是我本人，你爱的是文学，但你的写作能力使你无法企及它，又找不到具体的表达爱的方式，所以你就爱了我这个文学的承载物……"

"你胡说八道什么？"香灵打断了我，不屑地抵抗着说，"爱一个人总有理由吧，正因为你有文学才华，和我有共同语言，而且更优秀，才吸引了我。"

"不，爱是没有理由的。"我近乎冷酷地说，"因为我有文学才华，你才爱我，这跟那些爱大款是因为他有钱的姑娘有什么区别吗？你听我说完，我知道你会说一个高尚一个庸俗，但是我指的不是爱文学还是爱钱的不同，我指的是这二者都是产生所谓的爱的理由，而爱，——它是没有理由的，爱是先爱上了才回头去找原因的美好的东西！"

我越说越得意，香灵却僵硬在了我怀里。她闭着眼睛沉默了好久，仿佛在积蓄着涣散了的力量似的，最后，终于推开我站了起来，一边收拾饭盒一边说："想不到你这样看待我和我对你的爱，可能我真的有点问题。"她说完，认真地打量了我一眼，那眼神里说不清是哀怨还是蔑视，然后把饭盒放进一个大信封里，夹在胳膊下，又把她的包挎在肩上，拉开门走了出去。我看着她无声地做完这一切，心中不但没有怜悯，反而感到一种报复的快意。我没有去拉她，也没有去送她，就让这一切结束吧，——她曾给了我生活上的照顾，而我曾给了她爱的慰藉，大家扯平了。

　　晚上，我躺在长沙发上，倍受嫉妒的煎熬。我回想今天发生的事情，并不自觉地剖析着我自己。我承认，假如香灵不告诉我她的过去，不让我知道她以那种方式爱过那么一个人，我也许不会斤斤计较她爱我的原因，很可能公开跟她谈恋爱，也有可能最终结婚——这个世界上真心欣赏我、敬仰我的人毕竟不多啊，有这样一个女人爱着，会给我多少自信和幸福的动力！然而我在报复和幸福的天平上选择了前者，这都是嫉妒所致，就像我说过的，无论一个人有多高尚的追求，在人性面前，他都可能瞬间变成一个卑鄙而软弱的家伙。——人的修养，不过是要增强对本性的抵抗能力而已，而人性的力量是永远不会减弱的。

第五章

21

在我最青春的那段岁月里，我的好名声和坏名声一样都不大不小。我珍视我用奋斗和牺牲换来的才子之名，同样珍视我的坏名声背后的东西。那几年时间，我像人们所说的那样交了桃花运，除了在这本小说里有名有姓的几位女郎，还有一些不定期对我进行短期造访的姑娘，她们或美或丑，或聪明或纯真，都曾让我深深地感受到青春的存在和自我的力量。我是说，无论我能记住名字还是连一点模糊印象都失去了的那些女孩子，她们同样给予了我很多，我依靠她们的所赐度过了生命中孤单冷寂的年月，在我的奋斗之路上，由于她们接力般的烛照，才使我不至于在摸索前进的道路上心灰意冷。

我不敢说我利用了爱情，更不能承认自己像流言中所说的那样好色和无原则，绝不是这样，因为直到现在回想起那段岁月和那些姑娘，我心中除了美好的感激之情，并没有丝毫的愧疚。因为我没有拿过我不该拿的——无论她们是否想给予我。我现在能够在自己的理想之路上向前飞奔，能够无所顾忌地追求我所想得到的，往日的舍弃或拒绝起了决定性的作用。我每每感恩似的环顾自己目前良好的发展状况时总觉得冥冥之中有个主宰指示着我的所作所为，它告诉我不要去触碰什么，告诉我什么是应该视而不见的，什么又是应该绕着走的。从那时起到现在，我都不是柳下惠，但我却比这个传说中的人物做得还好，我无须克制便让那种欲望在最大的诱惑面前悬崖勒马，——那个看不见的主宰总在最紧要的关头提醒我：小心呀，还有比这对于你更重要的！

虽然鲁小曼和郭芙较早介入我的生活，但张亮的同学香灵却是第一个让我燃烧起一个男人对女人的欲念的。我否定了香灵对我的爱后，有近一个月没见过她，但我能感觉到我们之间还没有结束，因为我总能感觉到有人在牵挂着我，——像牵挂她变心的丈夫一样无奈。

22

我心绪复杂，第一次拨通了张亮家的电话，一种神圣感和责任感油然而生。电话嘟嘟响的时候，我想起刚才对别人说张亮是我女朋友，忍不住难为情地打了一个颤，差一点挂断电话。好在张亮在那边接起了电话，她惊喜地叫道：

"李乐？是你吗？你怎么会想到给我打电话？"

我说："看看你干什么呢。"张亮说："正闲得发慌，港台肥皂剧真是乏味。"我说："看书吧，我给你推荐几本书。"她说："行呀，什么书？"我给她列举了陀思妥耶夫斯基的《被侮辱与被损害的》，还有小仲马的《茶花女》。她说："《茶花女》看过电影，挺好，还看过艾米莉·勃郎特的《呼啸山庄》。"我说："看书吧，书跟电影是两回事，尤其是陀思妥耶夫斯基的《被侮辱与被损害的》，其深意电影根本拍不出来，——电影只能反映一个主题，那些无处不在的细致入微的人性它根本形不成画面。"

放下电话，我长长地叹了一口气，说不清为了什么。但是电话铃响了，我抓起了话筒。

"喂？是我……"是香灵的声音。

我无声地笑了，说："知道是你，想我了？"

"讨厌！跟你说个事。"她压抑不住喜悦地说。

"说吧，什么事？"

"来我家，我家人都去逛商场了。"她说。

"行，你家怎么走？"我的下腹又开始作痛。

骑车去香灵家的路上，我突然想起一件事来：在我跟香灵还不认识的时候，有个女孩子在晚上给我打来电话，聊了一会儿，她问我：

"李乐，你长什么样？"

我调侃地说："日本人的身高，非洲人的嘴唇。"

"你是个厚嘴唇？"

"对呀，不想见我了吧？"

"才不呢，厚嘴唇好！"

"为什么？有男子汉气概？"

"不，嘴唇厚吻起来舒服……"

她说完嘻嘻地笑起来，我先是吃了一惊，之后心情变得很愉快。后来一直在等她的电话，她却像一股小风一样拂面而过就再也找不回来了。

——现在我突然回忆起那嗓音来了：那个女孩子就是香灵！

23

爬上一座旧楼4单元的4层，我在三张防盗门外晕了头，忘了香灵告诉我的她是哪一家。正犹豫间，左侧那扇门哗啦一响，香灵探出半个身子来，一伸手把我拉了进去。

"要换拖鞋吗？"我注意到地板很干净，就问。

香灵不回答，扑上来紧紧抱住了我，她的力气真大，我都快站不稳了。为了不至于摔倒，我搂住她的腰，把她托了起来。转了一圈，我想放她下来，她却趁机咬住了我的耳垂——只要我一放手，半只耳朵准被她撕下来——，我在她蓬松的长头发里哀求："好了好了别再闹了，你喜欢猪耳朵我给你买去。"我就是这么个臭德行，在崇拜和追求我的女人面前又油滑又潇洒，仿佛真是一个风流才子，而在那些以世俗的尺子衡量我、以世俗的眼光看待我的姑娘面前，却局促不安，假如对方还是一个让我心动的漂亮妞，我就更放不开，手足无措像个小丑。这让我觉得自己和追求我的女孩子们都很可怜，而那些骄傲的公主们十足可恨。香灵咬着我的耳朵含混不清地问："说，为什么这么长时间不来找我？"我委屈地回答："我哪敢呀，是人家你不理我了又不是我不理你了！"香灵哧哧地笑了,鼻子里的热气吹得我的耳朵痒得厉害,她的发香又让我有点头晕,我心头一动,用一只手托住了她的小屁股。这一招果然灵,她扭了几下,松开我叫道:"讨厌!"然后她跳下来,逼视着我问,"说实话,这段时间有没有想我?"我说废话,不想你的话你一个电话我就屁颠屁颠地跑来了?她掩饰不住喜悦地羞笑一下说:"算你有良心!"然后拉着我往里屋走,一边问,"身体怎么样,吃饭多吗?"我依然油嘴滑舌地说:"都是为了你呀,每天茶不思饭不想的。"想不到她还挺爱听,一把把我推倒在她的小床上,然后跳起来以泰山压顶之势扑向我。我接住她,结结实实地抱住她,吻着她的脖子,两个人忘情地在床上滚来滚去。这回轮到我咬她的耳垂了,——男女之间的许多事都可以无师自通啊。

香灵禁不住幸福的浸泡,亲吻我一下说:"给你看几件好东西。"她一手抱着我,一手探身打开床头的衣柜,从里面拉出几个塑料包装袋来,含着笑,一一摆在我面前。

"这是什么?"我有点不祥的预感,问道。

"我给你买的床单被罩,还有枕巾……这个嘛,是一套内衣,你试试合适不合适?"她拿着那衣服,快乐地望着我笑,像在炫耀她的幸福。

"我不要,我连个床也没有,每天睡沙发……"我忙不迭地推辞,同时有点嘲笑地望着她,——我猜,她是误以为我会跟她结婚了。

"买一张床呀,我给你钱……如果、如果我们能结婚,我会向我爸要下那套新房子的。"她急不可待又有点难为情地说。

果然不出我所料,多么幼稚的想法,我是那种安于庸俗的安乐和幸福的人吗?我鄙视地盯了她一眼,冷冷地说:

"我不打算结婚,结婚也不会在这鬼地方……"

快乐的笑容僵在了香灵的脸上，她的表情被一层寒霜渐渐侵蚀，我看到她默默地把那些东西叠起来，又轻轻地放回了衣柜。然后她低着头默默地坐在那里，不再看我。我爬起来，边穿鞋边故作轻松地说："不早了，你爸妈该回来了，我得走啦。"香灵静静地把我送出来，依旧一言不发。我走出门外，回头看了她一眼，那张黯然的脸不但引不起我的可怜，还叫我有点反感。我若无其事地说了声"再见"，往楼下走去，直到我走出单元门，也没有听到楼上防盗门关上的声音。

24

从香灵家出来，我骑在自己的破自行车上，老也摆脱不了香灵身上那种特有的味道，我搔搔头发，头发里是浓郁的味道，我闻闻衣服，衣服上也有，当我冲动得想去闻自己的手时，一阵恶心感涌上心头。勉强骑了几十米，我终于忍不住了，跳下车子，蹲到一个窨井口开始呕吐起来，吐得眼泪汪汪，浑身直打摆子。

重新骑上自行车，我只觉得浑身发冷、乏力，要不是这段路正好是下坡路，几乎连自行车都蹬不动了。我想到自己是个如此脆弱的人，心理反应竟然如此强烈，总之，感觉十分糟糕。我记得我在上午给张亮打电话的时候，还思考过同样的人为什么因为自身条件和所处的社会位置不同而际遇不同，还正义地想过号召人们用同样的眼光去看待不同境遇和形象的人，然而，随即我又自己践踏了这一美好观念——我厌弃了香灵，因为她崇拜我，而且算不上美，——假如今天的女主角换了张亮，我的崇拜之心会让我这样无情和决绝吗?

　　进了杂志社所在的文联大门,我问收发室跛足的大爷有没有我的信件。老人家给我递出来一个牛皮纸大信封和一封薄薄的信封。我一看,大信封是一家省级文学期刊编辑部寄来的,凭手感,我断定是样刊;而小信封竟是《人民文学》的专用信封!我心花怒放,把自行车靠树上,也忘了锁没锁,一路奔上编辑部所在的五楼,坐到办公桌前,先用剪刀小心翼翼地剪开大信封——果然是漂亮的样刊!我翻开目录,急切地寻找自己的名字,啊,"李乐小说三篇"!我用颤抖的手翻开内页,找到了那三篇既陌生又熟悉的小说。我像一个陌生的读者一样认真读完了每一个字,又读了编者热情的编后语,编者说:"我们有理由相信两三年内一面新小说旗帜的举起!"我真有这么大潜力吗?我不无自信地暗想,同时怀着狂喜又忐忑的心情赶紧打开了《人民文学》那封信,——这是个更振奋人心的消息:我的一组乡村题材散文被留用了!虽然说终审再告,我已经确信它得到了国刊的承认了。这是两件多么令自信心膨胀和让自我感觉好到极点的事情。我推开窗户,像一位望乡的边塞诗人一样仰望着天空,浅蓝色的天空有点晃眼睛,一片白色的云彩飞快地变幻着,像我无法形容的美好心情。

　　啊,情欲,滚蛋吧!啊,爱情,靠边站!让我像长风一样浩浩向前,让未来像阳光一样辉煌灿烂!

25

　　我们的主编宋江很讲义气,总能把弟兄们的事情记在心上。

今天早会结束的时候，宋主编说："宣布一件事情，今天是我们的形象代表、编辑部之花张亮'张报花'的生日，中午华云酒楼我做东。"大家又是鼓掌又是欢呼，可是很快意见就不一致了。因为张亮现在是大家心目中的仙子——尤其是男同事——又是编辑部之花，她要过生日，大家都想表示一点心意。宋主编平素是很能和弟兄们打成一片的，就听取了大家的意见和建议，最后决定：在座各位每人出三十元钱，凑份子，都做东道主，大家一起给张报花过二十五岁大寿。

张亮幸福地抱着膝盖坐在角落里，嘴角挑着羞涩的笑意，扑闪着大眼睛看着大家给会计劳艾交钱。在这热气腾腾欢快热烈的氛围里，恐怕只有我一个人情怀黯淡，头上像扣了个冰盘子——我拿不准自己钱包里究竟有没有三十块钱。但我的自尊心告诉我，绝不能滥竽充数蒙混过关，哪怕将自己赤裸裸地贡献出去博取大伙儿的怜悯，——可是在这种情况下，怎么好意思向别人借钱？况且这是多么煞风景的事呀。我心头狂跳不已，装作随便地从裤兜里摸出皮夹子，打开来，——里面除了那次给郭芙复印的那张黑色一百元压岁钱，竟然连一个钢镚儿也没有了。我赶紧合上皮夹子，头上冷森森，胸中空荡荡，往日的自信和高傲荡然无存，有的只是自卑和懊恼。偏偏这时劳会计女声女气地问了一声："还有谁没凑份子？不是对张报花有看法吧。"大家哄地一笑，我面红耳赤不知所措，浑身的汗毛眼儿"哗哗啵啵"都打开了，奇痒难忍。我正猜测大家是不是用了神情各异的眼神盯着我看，旁边伸过一只手来"啪"地抓住了我的钱包，同时听见申公豹叫道："李富哥儿，把你那张大票子拿出来吧，劳会计会给你找钱的。"紧跟着就听见罗成故作幽默的粗声粗气的笑声。我夺过钱包，假装潇洒地望着申公豹说："我这张大票子换你40块，愿不愿意？"——我想假如这家伙掉以轻心，我就让他吃个哑巴亏。但是张亮却插嘴叫道："我替你出三十块钱，把你的大票子给我吧。"同时一只纤长的手把三张拾元票放到了劳会计正整理的那一叠钱上。一时间大伙儿都愣了，不尴不尬地笑着等待看事情发展。我不知如何是好，张亮趁机夺过了我的钱包，把那张"黑钱"拿出来。"哄"的一声，大家都笑起来。张亮把钱包递给我，若无其事地把那张"钱"放到了自己的坤包里，她浅笑盈盈，神态自若。大家都乐得东倒西歪，连罗成和申公豹都放松了警惕，只有我在群魔乱舞的间隙仔细地看到张亮很认真地把那张"钱"放进包里，又抚平了它。猛然间，一股暖意笼罩了我，春天般的冲动渐渐从我身上复苏，我仿佛暗暗与张亮达成了一个默契——虽然这个默契极有可能只是我单方面的幻想，但在那一刻，我的生活中再次充满了幸福的憧憬。

生日饭吃得很开心，唯一不幸的是我和赵社长、宋主编在一张桌子上，而张亮却跟罗成、申公豹在另一张桌子上。说唱打闹中间，申公豹一杯酒洒在了站起来敬酒的罗成凳子上，而看起来一直心不在焉的张亮，却在罗成坐下来之前在他凳子上扔上了一张餐巾纸。罗成感激地冲她笑了笑，张亮也报之一笑，仿佛心有灵犀。这一幕恰好被我看见，顿时如冷水浇头，心中打翻了五味瓶，醋意汹涌。

完了，罗成又用摩托车送张亮回家，我却吐得一塌糊涂，人事不省地被宋主编亲自开着面包车送回了办公室。他们走后，我一直睡到掌灯时分，编辑部已空无一人。我爬起来把满满一暖瓶隔天的开水一饮而尽，然后把手伸进嘴里，揪出了上颚一大片烫下来的白皮。往日的生活规律和心中的方寸此时全乱套了，我再次强烈地感觉到罗成和张亮是那样般配，而张亮对我的种种关爱，只不过是出于善良的心，去同情一个可怜的小矮子！——怜悯，不等于爱情！我为此痛苦不堪、肝肠寸断，仿佛被打回了原形。那样的情形之下，我又想起了和我一个"阶层"的人们,我拨通了鲁小曼的电话。

"谁呀?"

"你哥……"

"嘿嘿,哥呀?你怎么又想起我来了?"鲁小曼三分喜悦七分造作地柔声问,她很喜欢我把她这个大姐当小妹妹。

"眉子,你今年多大了?"

"你问这干什么?不告诉你!"

"眉子,想过结婚吗?"

"跟谁?跟你?……"

"哼哼……"

"告诉你,我们局小云刚结了婚,向男方要了'三金',还买了一辆两万多的坤式摩托车,……你说,我是不是比她漂亮,比她值钱?我要结婚该要些什么呀?……"

"……"

"你怎么不说话?告诉你一件事,我报考了自修大学,计算机专业,好不好?"

"好……"我突然有点鼻子发酸。

"都是受你的影响……哎,小芙最近去你那里了吗?"

"……"

第六章

26

一个多月不见人影了,郭芙突然来找我,——这些日子我还真把她淡忘了——,进门的时候还像往日一样笑眯眯的,可是屁股刚挨到沙发上,眼圈就红了。这可是稀有现象,我想不到她还会在我面前哭!就是从这时起,她的眼泪充满了我后来的记忆。

"怎么了?挨头儿批评了?"我站到她面前问。

"你除了问问,还会不会别的了?"小姑娘眼泪汪汪地看我一眼说,忍不住笑了一下,把脸又别了过去。

我拉把椅子在她面前坐下来,等着她的回答。她却伸出手去拍了拍旁边的沙发。我思考了足有十几秒,才明白她是叫我坐在她身旁，一时间我的心中充满了温情，但说不清是兄长对于妹妹的，还是恋人之间的。我坐过去，继续问道："到底怎么了？"同时我发现她烫了头发，身上一阵一阵地散发着香气，我还瞥见她似乎化过浓妆，心中不由乱糟糟的。她却在我坐下的那一刻把脸别向另一边，似乎不想见我。我呆呆地望着她白而细的脖颈，那里有一些短发在发际处直立着，提示着她不成熟的年龄。

"你除了写文章什么都不会了吗？"她终于开口了，但依然把脸扭向那边，语气里带着嘲笑。

我又思考了一分多钟，才试探着伸出一只手臂去笼住了她柔弱的肩头，——她一点反应也没有。

她可真瘦，我能感觉到她肩膀上骨头的坚硬，同时我用另一只手握住了她放在膝盖上的那只手。她挣扎了一下，我没让她挣脱。

沉默了许久，更确切地说，僵持了许久，我把她那只手拿到眼前，仔细地欣赏着：天，真有这样葱白般半透明的纤手，简直就像凝脂般光洁和柔若无骨。我不禁赞叹道：

"小芙，你的手真是美得无与伦比。"

"讨厌！"她又挣扎了一下，但没太用力。

"转过头来。"我说，忍不住把鼻子凑近她幽香的乌发。

"这样就挺好！"她用另一只手托着腮，固执地把脸朝着另一边。

我继续欣赏着她的玉手，极想亲吻一下，没敢。

"出什么事了？你这一个多月为什么没来？"我柔声问道。

她猛地转过脸来，星光般的眸子盯住我问："假如我小姨在这里，你会对我这么好吗？"——在她问的同时，我眼前倏然浮现出一幕过去的情景：郭芙若无其事地望着窗外，我和鲁小曼坐在她身后的沙发上调情。

而此刻，我的脸孔不但没有发烧，一阵真挚的冲动反而涌上胸口。我用坚决的口吻低声说：

"小芙，我跟你小姨不过是朋友，我们之间没有共同语言，差距太大，你应该能看出来。"

"哼！"她不屑地说，"别以为我是个瞎子！"同时又把头扭到那一边。

我把她的瘦肩膀和酥手同时用力攥紧，发誓一样地说：

"我的心是属于你的，你一点儿也感觉不到？"

郭芙依然像个雕塑一样保持着姿势。我以为她一定感动得哭了，用力扳过她来，才发现她是在偷笑。一刹那，我心中非常失落，但还是像个兄长般问道：

"好了，现在告诉我发生了什么事！"

"我去搞传销了……"她像个做错事的孩子一样翻着眼睛看了我一下说。

"你怎么参加这些乱七八糟的东西……嗨，后来呢？"我渐渐进入大哥的角色。

"后来公安局把我们抓起来，关了几天……"

"你看你！……不过也好，吃一堑长一智。"我渐渐不自觉地放开了她，虽然心中觉得她越来越可爱了。

"可是……"她眼圈又红了，吞吞吐吐地说，"有个女警察骂我是，是婊子……气死我了！"她又哭了，把脸别过去。

我禁不住一把抱住了她，同时把脸埋进了她的头发里，——不知道现在是谁安慰谁了。

我感到有一双小手试试探探地搂住了我的腰，她在向我贴近着，没有那些健壮的女孩子的热烘烘的甜味，带着一点冷冷的香气。——真是天上掉下个林妹妹，我的心中充满了幸福的喜悦，——我怎么敢想象今生会享受到郭芙这样的温情，她像突然间成熟了似的。

可恶的是，电话铃响了。我坚持了一下，不得不懊恼地走过去抓起了话筒。

"喂，李乐，小芙是不是在你那里？"是鲁小曼！——真是冤家路窄！

……

她们叽叽喳喳地聊了好久，不像姨姨和外甥女，倒像一对姐妹。我焦急地等着电话打完后重新进入角色，可是又有人敲门，开门一看，是广告处的老穆，这家伙一来就不会早走，而且丝毫不注意形势……

郭芙要走了，我一直把她送到楼下。天还不太黑，她坚持自己回去。我站在路灯下，看着她渐渐走远，刚转过身，她又奇迹般地出现在我身后。我转过身去，疑惑地看着她，——我断定她要吻我了。她热切地看着我的眼睛，然后说：

"你不要太用功看书，熬夜写作不要太晚了，注意吃些有营养的东西，比如黄豆、猪蹄，看你头发黄的，准是缺锌……别老坐着，出去跑一跑，有时间咱们去水库钓鱼吧……你吃饭要准时，不然对身体没好处，饮食规律才能……"

郭芙走了好久，我都回不过神来：刚才是谁在对我说那番贴心话，她在玩我，还是心中的爱情再也藏不住了？或者她在证明自己也有柔情的一面？——无论如何，我绝不敢相信那就是郭芙。

27

  我决定重读大仲马的《基督山伯爵》，目的是寻找一条让严肃文学畅销的路子。首先文学能够让我衣食无忧了，我才能拥有追求更高精神境界的物质基础，——我只要牢记我的信条：决不让创作违背高雅艺术追求。

  晚饭罢，我就捧起了那本厚厚的奇书，东方即白时，我已读完了上册。清晨灰青色的光线充满着我的办公室，我离开办公桌，走到门边擦了一把脸，浑身轻飘飘——我每熬过一个整夜就感觉自己变成了一片羽毛——地躺到长沙发上去。哦，到第一个上班的人来之前，我还可以美美地睡上4个小时，——突然想到这一闭上眼，就跟死了差不多，有多少人就是这样一睡不起，而我的倦意终于压倒了恐惧，沉沉睡去。

  真是黑甜一梦，不知经历了几万年光怪陆离的事情。要不是有人讨厌而执着地砸那门，我真舍不得从梦乡里回转——在无可奈何地爬起来之前，我数度梦到敲门的人下楼了或者去敲另一扇门，但又数度发现那只是我梦中的愿望而已。我半闭着眼睛打开门时，勉强认出是个女人，就哑着嗓子问：

  "找谁？都还没来呢。"

  "找李乐！"对方像面对一个傻子一样笑着。

  "哦，是你呀，进来关上门，我还要再睡一会儿。"我一转身又歪倒在沙发上。

又一次转醒，阳光已贴到了对面墙上。我一惊，看了看那几张办公桌，空荡荡的，这些家伙一定又搞第二职业去了。脑袋旁边有两个穿牛仔裤的圆圆的膝头，灰白的牛仔布下那两个大号围棋子般的膝盖骨秀巧而性感。

我顺着那膝盖一路往上看，越过一对突兀的惊叹后，我看到一张恬静的笑脸，下巴稍长而光洁，一对剪纸般的黑眼睛荡漾着仿佛有点责怪意味的笑意。——这姑娘不说话的时候，真是个标准的东方传统淑女，温婉又隐含着嗔怨。

我心中一动，像个丈夫一样随便地问她：

"几点了？你一直坐在这里？"

她抿住嘴，点点头，然后说："起来洗漱一下吧，你们其他办公室的人都上班了。"声音微微有点涩哑，但因此而雌性十足温情脉脉。

我洗漱的时候，她坐到我刚刚躺过的沙发上蜷成一团望着我微笑，仿佛在感受我留在沙发上的余温。

"你好像长高了一点。"她突然说。

我不爱听她这种话，边擦脸边问：

"你今天没上班？"

"没有，我想让你陪我去趟市里。"她依然饶有兴味地望着我。

"去市里？干什么去？"我脑子里马上开始计算这要浪费掉我多少读书写作的时间，并考虑必要的花销我能不能负担起——虽然我不记得她花过我什么钱（她总不甘于让我掏钱），但我显然没有足够的控制力拒绝和她一起进城。

"我去报考自修科目，你帮我选一下先考哪几门好。"她认真起来可并不怎么动人，一本正经像在演戏。

"什么时候走？"我不由自主地问。

"今天也行明天也行，看你的时间。"

"今天不行，我得送审下期稿件。"猛然想起这件事，我有一点懊恼。

"没事，你做你的，我陪着你。"

我有点意外，但觉得如果不说出来的话，那么一切都该是理所当然的了。

我们相约去街上吃早饭，她坐在我对面，一直望着我，那眼神让人感到幸福又熨帖。回来的路上，她蹦蹦跳跳，全然没有往日的矜持和端庄，像个小女孩。上楼梯时，也许是跑累了，她竟然挽住了我的臂膀，——呀，我梦想过这一刻吗？我一直以为她耻于让别人看出她喜欢我——真是女人心海底针呀。我尽量昂起头，做出一派潇洒的样子，让这位比我高十个厘米的窈窕淑女挽着我，一路向办公室走去。几位同事从楼道里走过，若无其事地和我打过招呼，令我惊奇的是，他们并无惊讶的表情。我还看见申公豹的脑袋从第三室门口冒了一下，又缩了回去。我顿时有点脸红，用眼角的余光估量了一下我和她的高低差，奇怪的是，她并不见得比我高多少——难道，我真的长高了？

走进办公室，张亮正趴在我办公桌上翻看我乱七八糟的东西，看到我们，不明显地愣了一下，站起来冲我们笑。

"鲁小曼？好长时间不见你啦！"张亮笑着说。

"我准备参加自考呢，在家看书。"鲁小曼放开我，迎上去和张亮说话。女孩子家见了面总是让人误会她们是很熟悉的好朋友。

"学习呢！受咱们作家的影响吧？"张亮不易觉察地扫了我一眼。我心里挺美，认定这两个如花似玉的大姑娘在为我进行没有硝烟的战争呢！

突然，我发现平时个头跟张亮差不多的鲁小曼今天好像矮了许多，往脚下一看，哦，这姑娘穿着一双平底芭蕾鞋！我周身顿时暖洋洋的，不光为她这暗暗地迁就我，更为了她观念的变化，——看哪，她不但真正喜欢上了文化，还在努力地向我靠近，企图用另一种方式减弱我在她心目中的缺陷呢。就在那一刻，我觉得鲁小曼那么亲切，仿佛已和我两情相悦私订终身，而张亮却高贵而疏远，竟然像个局外的陌生人了。

张亮出去后，我开始编稿子，鲁小曼乖乖地坐在我对面翻报纸。我每次抬起眼睛，都正好看见她望着我出神，那神情完全不似她从前的做作和自以为是的优越感。有她在一旁陪着，我第一次感到了背后有个女人的充实和从容，平静地删改着往日叫人头疼欲裂的稿件，所谓"红袖添香"也就是这个境界吧。

太阳落山之前，我把稿子送到了执行主编那里，——刊物不景气，三审制就简化成二审了。回到办公室，鲁小曼正站在窗前，短发蓬松有致，像个美丽的香菇剪影。

"去哪里？"我有点惴惴不安地问，因为天快黑了，她可能要回家。

"随你便。"想不到她这样回答，而且答得很轻松，仿佛对这闷坐的一天有点难以割舍似的。

"呀呀，坏了！"我突然想起一件事，大叫一声，"快，《当代文坛》约的那篇稿子还没给人家送去，昨天晚上编辑就打电话来说留下版位等着发排呢。"

"不是离这里不远吗？我们赶紧送过去吧。"鲁小曼转过身来，镇定地说。

我赶紧从抽屉里翻出那篇评论稿子，装进一个信封里。

"我替你拿着吧。"鲁小曼伸手拿过去，并深深地看了我一眼。我来不及多想那眼神的意思，两个人锁了门匆匆跑下楼去。

这一路段正在重建，路灯也没有，一片漆黑，来往车辆的灯光像光做的栅栏，令人看不清道路，只看见沟沟凹凹上面尘土飞扬。跳一条浅沟的时候，鲁小曼顺理成章地挽住了我的手，我下意识地握紧她又长又瘦的手指，一路都没有松开。这一切的发生是那么正常又不正常啊。上《当代文坛》杂志社楼梯的时候，我费了好大力气才松开了她，并在松开之前有意无意地用力捏了她一下。鲁小曼咯咯一笑，斜了我一眼。

"你女朋友好漂亮呀。"我那位编辑朋友盯着鲁小曼赞赏不已。我嘿嘿一笑，不置可否。鲁小曼羞涩地低下了头，也不置可否。

往回走的路上，我不知如何才能再次握住那只纤手，我想，首先得找到那种氛围……但是，那只纤手却轻轻地攥住了我的手……

28

"你还有事吗？"

我正想蒙混过关地拉着鲁小曼进单位的大门，她突然挣脱我的手问。那只被握得汗津津的手暴露在傍晚的空气中，像突然插入冰水中一样凉意阵阵——那是蒸发吸热的缘故——我猜想鲁小曼那只手也正是同样的感觉，因为我看见她用另一只手握住了它。

我拿不准事情会怎样变化，情绪也像那只手一样开始降温，勉强提着那颗失落的心说：

"我没事了，你是不是要回家？"

鲁小曼在路灯下含笑望着我，慢慢地说：

"听说，今天上映新片……"

"对对对，我们去看吧。"我喜出望外，仿佛得救了。

"我表姐明天要去南方，叫我给她看几天房子，我今晚就跟她住，我得先去她家报个到，你在电影院门口等我好吗？"

"你表姐家远吗？"我想陪她一起去。

"不远，就在电影院旁边的巷子里。现在时间还早，表姐肯定留我吃晚饭，你就自己吃饭吧，七点半在电影院门口等我就行。"

鲁小曼决定了的事很难更改，语气里就带着一股不容商量的霸气，我只好遵命了。

我有什么可吃的呢？口袋里的钱如果买了饭就不够买电影票了（今天并不是单位发电影票的日子），总不能让人家女孩请我看电影吧，所以，只好回办公室泡方便面。

我背对着办公室的门，趴在办公桌上吸溜方便面，这才冷静下来琢磨鲁小曼从早到晚这样整整陪了我一天，为了什么呢？她能跟我这个矮子如影随形而不怕别人笑话，其胆略可也够让人钦佩的，难道她决定跟我搞对象了吗？如果她真是这样想，我难道就顺水推舟和她谈恋爱？——她可是比我大着整四岁呀，早到了结婚的年龄了，一旦跟我确定关系，不出半年就要结婚，那么，我就用漂亮媳妇和安乐的小家取代我的理想、我的追求吗？在这个闭塞的地方成家立室，肯定是轻易走不出去了，而走不出去又何异于不流动的池水，迟早要自生自灭？想到这里，我不由背上一阵阵发冷，又问自己道：平庸的幸福可以取代为了理想而奋斗的乐趣吗？当然不能，就像草丛里安乐的爬虫一辈子都体会不到搏击长空的鹰隼的快乐和骄傲，不，不行，不能就范！

决定了不向世俗的幸福低头后，我发现这个结论的引子并不能够确定,充其量还只是个假定的命题。这两三年来,我虽然和鲁小曼关系"暧昧",但从未挑明过是在搞对象,因此我们的"友谊"才能得以在有一个郭芙夹在中间的情况下持续这么长时间,这一次她真的要诏告天下了吗?——毫无理由地陪我一整天,晚上又一起去看电影(跟从前用单位发的票去看性质当然不一样了),如果不是谈恋爱,怎么解释这件事?

我正嚼着方便面绞尽脑汁地思考,背后有人嚷嚷了一声:

"吃完了吗?看电影去!"

"不是说在电影院门口见吗?怎么你又跑过来了?"我故意不紧不慢地转过身来,啊!怎么是郭芙?该死,这俩人的声音太像了。

"谁在等你?我小姨?"郭芙笑模笑样地问,但掩饰不住一丝失望,因为她站在门口不肯进来。

"没有没有,跟你开玩笑呢,我下午给你们公司打了个电话,叫人告诉你晚上电影院门口见呢。"我不由自主地撒了一个谎,——老天,我要干什么!

"可能你打电话时我去厕所了,她们忘了告诉我。那你吃完了吗?"郭芙走到我跟前,看了看我饭盒里的黑紫色的面汤,"又吃方便面?"

"完了完了。"我端了杯水漱口,走出门去吐到楼道里,回来时顺便带上了门。

"马上就快到开演时间了,你关门干什么?"郭芙嗔怒地白了我一眼说。

我绕到她旁边,伸出胳膊去抱住她的肩膀。郭芙像看到了什么非常可笑的事情,大笑着用力甩开我,稍往旁边躲了躲说:

"你这个人真可笑,干什么呀!"

干什么？我一阵糊涂，上次不是这样搂过她了吗？这次为什么又不让了？我刚才绕到她身边可就是为了跟上次的位置和姿势一样呀。我尴尬地看着郭芙，决定放弃了。

"你写文章并不笨呀，怎么做别的事这么别扭？"郭芙又白了我一眼，走到我办公桌后面坐下了。原来她是嫌我不够自如，也就是说没情调，——可是我在香灵面前那么放得开呀，怎么在她面前就像换了一个人呢？难道，我更在意她？那么鲁小曼呢，我们之间欲言又止的调情般的相处又是怎么一回事？

我一沉默，郭芙也不说话了。僵持了几分钟，我还是走过去把手放在她肩膀上，她耸耸肩挣扎了一下，没怎么用力。我受到鼓舞，撩开她的几缕散发，去吻她雪白的脖子。她动了一下，没反抗，也没迎合。我以为她一定闭上了眼睛，探头看了看，她又在窃笑！刹那间我情绪全无，又担心鲁小曼等不到我会找来，就拿起杯子喝了一口水说：

"走吧，要迟到了。"

郭芙头也不抬地说："走就走。"

我们下了楼，发现月亮出来了，梧桐的阔叶掩映的甬道上月辉斑斑点点，让人不由放慢了脚步。环境和氛围真是影响人呀，我发觉郭芙突然恬静了许多，并向我靠拢着。但是别指望她会挽我的臂，这小妮子狡猾得很哪。看看周围没人，我就轻轻拢住她的肩膀，两个人慢慢向大门外踱去，清辉徐徐，默默无言。

这条街上夜市繁华，行人反而比白天多，这使我们变得很隐蔽，所以直到走到电影院门口时，我才开始盘算怎么应付鲁小曼。同时我想到，我和郭芙、鲁小曼之间，如果不是这样说不清楚关系，恐怕早就断绝来往或者跟其中某一个定了终身了。鲁小曼和郭芙之间如果不是存在着潜意识的挑战和竞争，我在她们心目中或许也没有这么重要。而且,谁说她们不可能是合了伙来耍弄我(以她们乖戾的性格绝对做得出来的),以展示她们的魅力呢?但我又是个什么角色呢?以今天晚上为例,我似乎是个举棋不定朝三暮四的家伙,或者干脆说我是个见一个爱一个的烂人,但我不想承认这些罪名,我是个搞文学的,我能看到这是人性的真实显露,谁能确定谁就是自己一生唯一爱的人呢?打个比方吧,如果不是因为有文学事业支撑着我,我或许已经跟鲁小曼结了婚,而且每天对她也对我自己说鲁小曼是我今生唯一的爱人。但是,我也可能是跟郭芙结了婚,告诉她和我自己郭芙是我今生唯一的爱人。无论哪种情况下,没跟我结婚的那一个就不是我的爱人,这说明了什么呢?它只说明一个人可能爱上许多人,但当结果选定后,谁都以为他只爱那一个人了。我绝不怀疑这种爱情的真挚和纯洁,但我认为寻找唯一的说法是自欺欺人。——虽然有这样的主张,我却甘愿歌颂那有最后结果的爱情,我这样看似一会儿喜欢鲁小曼,一会儿喜欢郭芙,甚至一会儿两个人都喜欢的情形,并不说明我是个烂人,我只是正在人性的支配下进行选择,一旦敲定了,就会始终如一,忠贞不渝。无论我是否愿意承认,我确实把握不了她们中间的任何一个,从这个意义上来说,我的摇摆,正是出于我的无奈。

我正出神地思考,郭芙叫道:"你看,那不是我小姨和我表姨吗?"我定睛一看,果然是鲁小曼和另一个三十岁出头的少妇站在电影院门口卖水果的小摊前。鲁小曼已经换了衣服,穿着一套暗红色的无袖连衣裙,在半明半暗的灯光下,洋溢着成熟女性诱人的气息。相比之下,我身边的郭芙就像个尚未发育成熟的小女孩。这时候鲁小曼也看见了我们,她瞪着两只大眼睛,昏暗里显得又黑又亮,但表情有点呆。我看躲不开了,只好近上去。郭芙跟两个人打招呼,鲁小曼却面无表情地盯着我。她表姐狐疑地说:

"这就是？……"

鲁小曼突然推了郭芙一把，呵斥道："死女子，这么晚了出来瞎跑什么！"郭芙马上就噘起了嘴。她表姐赶紧打圆场："走吧走吧，先进去看。"她瞥了我一眼，神情怪异。

她表姐提前买好了三张票，我又去补了一张。幸好今天观众不是很多，我们四个坐成一排：我、郭芙、鲁小曼、她表姐。坐了没十分钟，鲁小曼要跟郭芙换座位，后者不肯，两个人就小声地斗起了嘴，光影变幻之中，我瞥见鲁小曼不停地掐郭芙。我是一点优越感也找不到了，更不敢问，只好装作没看见，好在她表姐探身过来叫郭芙：

"小芙，你坐过来，姨有事问你。"

郭芙不高兴地跟鲁小曼换了位子。鲁小曼带着甜甜的女性香味坐到了我旁边，并在黑暗中用鞋狠狠地跺我的脚，微微的痛感使我良好的自我感觉又回来了，装作随便地把一只手臂搭到椅背上，渐渐地把手落到她浑圆的肩头上。鲁小曼扭头瞪我一眼，又突然绽露了笑容。我心中一松弛，把另一只手掌展开放到大腿面上，鲁小曼的手适时地放了上去，然后，我们就握在了一起。

隐蔽在明暗变换的座位丛林里，电影里每有一个恐怖的镜头，鲁小曼都不失时机地缩到我单薄的肩头上，我则紧紧地抱她一下，把鼻子插进她浓密的黑发里。她的发香让我心醉神驰，我无心情看电影，专门等待着恐怖镜头的出现——鲁小曼也同样。

她表姐和郭芙直愣愣地瞪着银幕，眼睛一闪一闪地反射着银幕上的亮光，一动不动直到散场，好像两个塑料模特。

29

第二天是星期六，我正想例行我的假日懒觉，鲁小曼又跑来了。她一脸喜色，晨露使那双勾人的剪纸般的眼睛朦胧动人，看上去既美丽又善良。我想问问她郭芙去哪里了，想到昨天晚上她和表姐带郭芙回家时那种押送犯人般的样子，欲言又止。但鲁小曼好像完全忘却了昨天晚上的别扭事，一进门就说："吃早饭了吗？吃了咱们去市里。"——她就是这样不肯俯就我，假如是香灵的话，一定给我带了别致的早饭来：牛奶、饼干，或者是一份炒面皮，说不准还有一串紫葡萄或者一颗晶莹剔透的大苹果。

但鲁小曼只带来一句问候，这要在以前，我习以为常了，但经过昨天的变化，我觉得有资格要求她对我更好一些，可以对她的不周之处表示不满，于是我就不紧不慢地说：

"真去市里？今天可是星期六，自考报名处不休息？"

"不休息。"鲁小曼猜不出我消极怠慢的真正原因，以为我不想陪她去了，就把脸放下来说，"你不想去，我一个人去，我在市里有朋友呢。"

老天，我不但全线崩溃而且竟为她这句语焉不明的话吃起醋来，一方面更加对鲁小曼的私生活感到费解，另一方面又决定非陪她去不可。——而且，人家昨天陪了我整一天，我能过河拆桥？

我们去街上吃了早餐，坐车去了市里。下了车鲁小曼告诉我自考报名处今天10点钟才上班。我说:"现在才不到8点半,干点什么去?"

"逛商场呗!"鲁小曼把头一甩,头前先走了。我发现她一到市里就好像变了个人,抬头挺胸扭屁股的,到底是个爱慕虚容的女人。但我也只好强压胸中窝火,快步跟上去。好在她倒没表示出和我这个矮子并肩逛街的不快,偶尔还不忘挽住我的臂,我低头看了看她的脚——还是昨天那双平底芭蕾鞋。鲁小曼正在努力地改变自己,我想,她真是为了我吗?

如果奥运会设一个男女逛商场马拉松比赛,我敢说冠军、亚军、季军甚至前100名都是女人,如果第101名是个男人,也准是个阴阳人或易性癖,至少是个娘娘腔。两个小时下来,我们几乎逛遍了省城的几家大商场,鲁小曼依然精神抖擞,我却是拖着脚在走路了。下最后一家大商场的电梯时,我已经是头疼欲裂,在墙上的大镜面里照了照,看到一个面如土色的痨病鬼般的家伙跟一位如花似玉的仙子站在一起,其状滑稽透顶。

出来商场门,被新鲜的冷空气一吹,我马上恢复了精神头,但依然不及鲁小曼兴高采烈的样子美好。她买了一瓶润肤霜,一件内衣,还偷偷买了些女性用品,没让我看见是啥。我曾假情假意(没办法,真没钱)地要把上述东西买来送给鲁小曼,她马上就拒绝了,并皱起了眉头,不知道她是怜悯我的贫穷呢还是不愿让哪怕陌生人看到我们关系非常。

在自考报名处所在的大学,我碰见省城文化界几位名人,他们正好在这里开一个研讨会,有一个认识我的年轻人过来打招呼,其他几位马上走过来跟我握手,赞不绝口地对我的年龄之小和文笔的老道表示惊奇。我注意到鲁小曼看我的眼神中充满了敬佩(对我)和骄傲(因为我)之情,当那几位名人指着她问我:"这位是……"她落落大方地嫣然一笑自我介绍说:"我们是朋友。"名人们马上哈哈大笑起来,不住地赞赏说:"郎才女貌、郎才女貌呀。"而鲁小曼此时羞涩地笑着,不置可否。有位名作家把手上的新书签名赠我,我转手递给鲁小曼,她谨慎地抱着,乖乖地站在我身后不说话,只是浅笑。

省作协一位副主席问我:"小李呀,你为什么不加入作协?"

我笑笑说:"为了自由一些。"

副主席马上颔首说:"好,好,不过……"他沉吟一下说,"作协要成立一个创作室,向全社会招聘合同制作家,你要是有意的话,可以不通过考试,大家都知道你的实力。"

我问:"有创作任务吗?"

"有呀,一年的创作量按发表和出版量计算……"

我打断他说:"我的意思是有没有规定的创作选题,是不是要统一行动?"

副主席想了想说:"具体方案还没有最后敲定,但估计会有统一行动、统一选题。"

我笑了,对他说:"谢谢您,要是这样,我宁愿做个自由撰稿人。"

他哈哈大笑,对我说了一些无奈的话,并赞赏我的特立独行。最后副主席说:"如果只要求创作成绩不要求统一选题和行动的话,我给你打电话。"我谢过他,作别了各位。

他们刚走,鲁小曼就惋惜地说:"你干吗不答应他,凭你的实力,每个月能拿几千块钱呢。"我不由发笑了,跟她解释说:"我搞创作并不是单纯为了钱,为钱我也不会是现在这种状况,我首先要证明的是用自发创作来养活自己,其次就是自觉地追求艺术高度。"我冷笑着扭头问鲁小曼:"你信我能获得诺贝尔文学奖吗？"鲁小曼马上用看精神病人的眼光望着我，刻薄地说："就凭你？"我望着她冷笑，失望地想：你怎么可能知道我的抱负，但你一定会看到我的成就，虽然我并不是为了证明给你看才要获得它。

回来的车上，鲁小曼依然念念不忘那些长我几十岁的人对我的敬意和欣赏，她问我："哎，你怎么那么厉害，对名人拿腔拿调的。"我说："不是，我很尊敬他们，但我必须坚持我的立场，坚持我的创作理想。"

鲁小曼又不爱听了，我一较真她就反感。但我总是习惯于要说服每一个我认为认识有偏差的人，哪怕是对鲁小曼这样的庸俗幸福主义者。这个费力不讨好的毛病直到现在都不能改变，反而愈演愈烈了。后来，我在尼采《忏悔录》的扉页上写过这么一段话，虽然是酒后写的，但很能说明我的苦闷心境：

我一直试图使周围的人对文化和精神感兴趣，结果往往是徒劳——至少，收效甚微；尤其当我发现我有卖弄自己的特长换取别人的敬仰和崇拜的嫌疑时，我决定完全放弃，听之任之了，——虽然，我仍然不自觉地努力着

——2000年10月19日晚与弟酒后书

我像一个布道者一样试图拯救每一个"沦落"的人，但哪怕是我现在所在省报的实习生，都对我的"高调"不以为然。我悲哀地看着他们被世俗消解，并发现自己的努力并没有白费——因为，我至少保持了我自己的精神高蹈。

第七章

30

　　一整天的奔波之后，我精疲力竭，坐在返程的车上竟然打起了盹儿。鲁小曼却还是那么精神，我每次因为脑袋突然下垂而惊醒后，总发现她瞅着我微笑，而且带着甜蜜的意味，好像这一趟进城买回来的最满意的东西就是我这个矮子。但是我太困了，没心思去追究那么多，尽量把身子往座位里缩了缩，实实在在地睡起觉来，有一阵儿睡得太舒服了，反而觉得心里不踏实，偷眼一看，原来鲁小曼用一只纤掌托着我的小脑袋。她正看着车窗外出神，我也就装作不知道，闭着眼睛准备继续睡。——奇怪的是，一直到车站，死活睡不着了。

下了长途车，已是夕阳压山，暮色残青时分，鲁小曼想散步回去，我也觉得空气微润而舒适，就一扫疲惫，陪着她走路。鲁小曼一路揉着那只托过我脑袋的手腕，我假装糊涂地问："怎么了？关节炎？"鲁小曼白了我一眼，继续走路。她甩了甩那只腕子，我看到手肘外侧的关节处有一道红痕，心中不由一阵阵发热。过了一会儿，她突然扑哧一笑说："你那颗小脑袋还挺重，像个秤砣。"我也笑起来，自我解嘲地说："证明脑袋里有东西嘛！"欢乐的空气扫荡了我们之间所有的差距和由此产生的不快。

　　夜市刚刚开始，街道上弥漫着暮色中特有的青烟。鲁小曼直愣愣地向一家灯火通明的大排档走去，我跟在后面暗暗掂量口袋里的钱会不会让我丢一次面子。鲁小曼却回过头来问："你喜欢吃肉还是吃素？"我不假思索地回答："素的，肉的太腻。"——实际上是因为素菜便宜。鲁小曼买了两盘冷拼，有香菇、海带、腐竹之类，我赶紧抢上去付了钱。

　　"在这儿吃吗？"服务员问。

　　"不，装起来吧，我们带走。"鲁小曼回答。

　　带走？我一时脑子转不过弯来，带去哪里？

　　但是鲁小曼不给我思考的时间，她说了声"走吧"，然后就向电影院方向走。我说："错了，杂志社在南边呢。"鲁小曼露出一丝神秘的笑容说：

　　"走吧，没错。"

　　我就懵头懵脑地跟上她瞎走，拐进电影院旁边的那条巷子，鲁小曼突然挽起了我，一双眼睛在人家窗上射出的灯光中熠熠闪光。我丈二和尚摸不着头脑的样子逗笑了她，她调皮地摸摸我的脑袋说："笨蛋，跟上你大姐快走，卖不了你！"然后就兴高采烈地快步向前走，她腿长，我要小跑才追得上。

第七章

拐进一个黑森森的小门，穿过一座堆着乱七八糟的东西的小院，我们钻进了一座大楼的单元门里。"楼道里的灯坏了，你小心点。"鲁小曼抓住我的胳膊在黑暗中说。我心里想的是如果我的肱二头肌能发达一些，就能让鲁小曼感受到一点男子汉的特征吧，但嘴上却耍贫嘴道："带我到这种不见天日的地方，不是要谋杀亲夫吧。"鲁小曼停下了脚步，和我脸对脸地站着，我甚至能闻到她唇上的口红味了。我马上就想到她肯定是要吻我了，不由心驰神荡起来。黑暗之中，鲁小曼慢慢地凑近我，突然尖厉地大叫一声：

"啊——！"

我马上须发皆竖，几乎与她同时大叫起来，而她却"咯咯"地大笑着跑了上去。我哭笑不得，一个人摸索着向上爬，到了楼梯拐角处，又被她猛地捉住了臂膀，吓得浑身一颤。她"咕咕咕"地捂住嘴笑着，显然是怕有人开门出来提意见。我一连被惊出了两身冷汗，浑身上下数不清的毛孔一起发痒，但依然故作镇定地说："眉子，有一次我一个朋友和另一个人跟着上楼，也是这么个老楼，这么黑，爬到一半时，那个人突然对我朋友说：你看看我的脸。我朋友一扭头，看到那个人肩膀上就一个大肉蛋，根本没有五官……"

"啊——"我还没说完，鲁小曼就掐住了我，叫道，"不许讲鬼故事……"

我说："这不是鬼故事，只不过是一个没脸的怪人罢了，哈哈哈！"我得意地笑着继续说，"还有一次……"

鲁小曼突然用力推开我，冷冷地说：

"你这个人真没意思，你要是再讲，就回去吧！"

虽然我看不见她的表情，但我太了解她这突然翻脸无情的个性了，好在黑暗掩饰着我的无地自容，我强颜欢笑地说："不说了不说了，走吧走吧。"她马上就笑出声来了，挽着我继续往上爬，——她个子大力气也大，几乎是提着我上楼。

终于停了下来，在一个防盗门前"哗啦哗啦"摆弄了半天钥匙，我们终于打开门走了进去。就在窗外的昏暗光线勾勒出探身去开灯的鲁小曼的曲线时，我差一点冲上去从背后抱住她，但我的心刚开始"嗵嗵"地跳，屋里黑暗的暧昧氛围就被光明驱散了。

"你累不累？到里屋床上去躺一会儿吧。"鲁小曼边换拖鞋边说。

"这是哪里？"我坐下来打量着问她。

"猪脑子！"鲁小曼嗔怒地白了我一眼说，"这是我表姐的家，我不是跟你说过了吗？她一家去了深圳玩，叫我看几天房子。"她边说边跑到卧室去开灯。

我恍然大悟，跟着她进了卧室。这个家布置得很有情调，尤其那张床，让人不由产生一种不光彩的幻觉。"你睡一会儿吧，我去做饭。"鲁小曼说完转身往外走，但是她又折回来了，对我说，"转过身去。"我像个机器人一样听话地转过去，她把手臂从我身后伸过来，轻轻地捏住我的西装领子，很温存地给我脱去了外衣，同时她的语调也温婉起来："躺下吧。"我舒服地躺下来，看着她把衣服挂到衣架上，又转身弯下腰来，给我脱去了皮鞋。

我的内心出奇平静，一语不发地望着她。她抖开一条毛巾被，轻轻地给我盖上，嫣然一笑，脚步轻快地走出去了。老天，她脱了外衣的身材简直像个妖精一样迷人！但我今天真的太累了，不知不觉就睡着了。正睡得香，我突然被人摇醒了，睁眼一看，鲁小曼侧身坐在床边，正望着我笑，——她可能坐在这里望了我好久了。床头柜上点着一根蜡烛，旁边摆着两碗热腾腾的葱花面，蒸气在烛光中翻腾，另外两个盘子里是在大排档买的那两盘凉拼，还有一个小碟子里放着白的腐竹、绿的腌蒜、黄的榨菜。

"吃饭吧。"鲁小曼望着我笑,像在等待着什么。

"你还会做饭?"我故作惊讶地说,"哎呀,谁娶了你谁有福啦。"

"可不!"鲁小曼羞涩地笑了,美滋滋地,她像个情人一样随便地把我拉起来,又像个妻子一样把饭碗端给我。那一刻我竟然坦然地享受着这一切,觉得并不突然,只是问她:"怎么点蜡烛?"——我的想法是她在制造情调,这一点跟香灵的做派蛮像的。她却回答:"停电了。"怕我不信,还走过去开了一下灯。

我真是服了她了!

我们像一对小夫妻一样享受着温馨的烛光晚餐,但我似乎更像一个生病的丈夫——鲁小曼殷切的照顾简直把我当成了一个病人,又是夹菜,又是把碗里的肉挑给我。我吃完一碗,要穿鞋去盛,鲁小曼嗔怪地白了我一眼,轻轻地夺过碗去说:"你别动,这是我的事情。"我终于有点控制不住了,憋不住想笑。她盛来饭,一面递给我一面直勾勾地看我,搞得我都不知怎么伸手去接了。——看来这举案齐眉也就只能说一说,真正做出来反而让人很不自在。

那碗饭刚吃完,鲁小曼又跑去给我盛面汤,那贤淑的样子,丝毫不让日本家庭主妇。我由衷地夸奖了她一句:

"你要是我媳妇儿该多好……"

她目光很亮地望着我笑,表现出发自内心的欢喜,竟然一本正经地问我:

"你看得上我吗?"

我哈哈大笑,说:"求之不得呀。"又说,"关关雎鸠,在河之洲。窈窕淑女,君子好逑!"

鲁小曼白了我一眼,收拾了碗筷,端出去洗涮,一举一动都洋溢着自信和快乐。我突然想到,她这是真的对我好呢?还是仅仅为了在一个男人面前展示一下自己，换取一份自信？

虽然疑惑重重，但回忆那个晚上的心情，我竟然完全忘记了一直跟鲁小曼平分秋色的郭芙。现在想来，我一直都是那样的，当我和她们中的任何一个在一起的时候，我会完全忘却另一个。至于原因，我想我对她们俩的感情是不相同的——如果我跟她们有感情的话。我从来不敢肯定我和她们有过真的感情，我们的相处，似乎都是出于某种需要：对我来说，她们是对孤寂生活的调剂和生理与心理上的调节，而善良又才华横溢的我，对于鲁小曼来说是一种虚荣，但我又是个三寸钉，于是就变成了她眼里的鸡肋；至于郭芙，我唯一的一丝被爱的希望都留在她那里，但在她眼里我又太缺乏情调，是个写作机器，——我现在唯一祈祷的是但愿她与我的相处不是为了和她小姨斗气，或者为了好玩，而是真的对我有所依恋（即使这一点安慰，我也不敢断定她曾经给予过我，——扪心自问，我没有像个真正的恋人一样爱过她，有什么资格强求人家必须爱我？）

老天，这也能叫爱情吗？！——但我又该如何去命名它呢？

31

我不知是真累了还是潜意识地想回避什么东西，甚至是冥冥中有个主宰在左右着我，总之，鲁小曼收拾完回来时，我又睡着了。

她没叫醒我，我不知道她在她表姐的梳妆台前坐了多久。我正梦见一个人驾着船在竹林里穿行，听到远处山寺里响起一阵钟声，就睁开眼睛寻找，结果看见是鲁小曼碰响了梳妆台上挂的一串风铃，她正坐在那里对着镜子微微后仰着梳理头发，显露出一种慵懒的美。我刚要悄悄闭上眼睛，她却说道：

"我表姐真是个怪人，把风铃挂在这里，吵醒你了吧？"

我只好勉强坐起来，想着自己是不是该回去了。可是眼前的情景分明是小夫妻临睡前的准备工作。鲁小曼一边翘着十根手指用掌心往脸上涂面霜，一边走过来坐到我身边，歪着脑袋问："你闻闻这面霜香气是不是有点浓了，我喜欢淡一点的。"

我盯着她的额头说："你的脸上长了两个小疙瘩。"

"在哪里？"她紧张地用手指去扫雷般寻找。

我说我指给你看，动手去摸她的脸。她一把推开我说讨厌，但那手却一直粘在我的手上。我感到她很有劲，又扫视了一下她颀长长健美的腰身，心中油然而生一种自卑感：我这样的人，在这样高大丰满的女人面前也算个男人吗？于是我抽开手又躺了下去，看着白色的天花板，觉得一切顿时黯然失色。

鲁小曼摸不透我的心事，就又回到梳妆台那里，打开她今天进城买的那包衣服说："我要试衣服，你闭上眼睛不许偷看。"我早闭上了眼睛，只听见她边窸窸窣窣地换衣服边窃笑。我的脑海里毫不费力地想象出了她不穿内衣时的胸有多挺拔，背有多光滑，但我对她的乳房的形象始终一片模糊，——也就是说，我当时的心志还仅仅处于对异性的好奇，全然没有爱欲的念头。后来鲁小曼走到我面前，命令道：

"睁开眼睛吧！"

我睁开眼睛，看到一个穿着薄得不能再薄的内衣的女人的身体，那件内衣是腰部以上的，而那条高弹裤也止于胯部，腰那一截就被勾勒得分外匀称和光洁。我管不住自己的眼睛，向下看去，于是我看到了那平滑而微凹的小腹，还有两条又长又圆又结实的大腿，"轰"的一声，我的周身都开始起火，而几乎与此同时"哗"的一声，一盆冷水也浇到我的头上——这样健美得像一匹马一样的雌性动物，这样成熟得像一颗蜜桃一样的女人，我这样的"残废"如何驾驭得了，如何吞得下去？我的腿太纤细了，我的喉咙太稚嫩了，我消受不起！

那巨大的自卑感瞬间摧毁了我，理想和精神的支柱轰然倒塌，自信和骄傲荡然无存，我被世俗的铁尺打得粉身碎骨。如果、如果鲁小曼在我的印象里不是一个铁定的庸俗的人，如果她不曾以世俗的标尺衡量我、不曾刻薄地嘲笑过我先天的不足，这一刻、或许这一生都要改写了！然而，万幸，我完完全全地被摧垮了。

但遭到最大的打击的还是想用献身来证明自己的提高和转变的鲁小曼，——看到她的魅力在我面前毫无力量，她的自信简直像雪崩一样化为飞沫！

当我突然下意识地对她皱起了眉头时——这是个虚伪而无力的掩饰，我在用世俗的评判眼光来支撑我倾塌的精神——鲁小曼刚觉察到就发作了，她冲到梳妆台前，手脚麻利地穿戴整齐，又几乎是弓着腰冲过来，拉掉我身上的毛巾被，把我的衣服甩到我的脸上，然后用低到不能再低、恨到不能再恨的声音咬牙切齿地说：

"你走吧！"

我穿衣服时的心情真是无法形容，说是懊丧，又带着点侥幸，总之复杂到近乎麻木了。从我穿衣服、穿鞋到走出门去，鲁小曼再没说一句话，但她却举了一支蜡烛送我下楼梯，我说："不用了，我能行。"她不说话，也不看我，抢到前面一路往下走，直到把我送到单元门口。

我走出那座院子的小门时，回头望了一眼，看见鲁小曼一手举着蜡烛，一手护着火焰，转身隐入黑暗的门里，像一个幽怨的女鬼消失在漆黑的坟茔。

我并没有感到毛骨悚然，相反，一种温暖的伤感涌上心头，我几乎要哭了，但最终只是重重地叹了一口气，在这初秋的午夜里踽踽走出昏暗的小巷，走上路灯煌煌的大街。

霓虹灯把天空压得很低，但如果让目光穿过那层光幕，就可以望到高远而灰黑的夜穹。没有星星，只是一片混浊，但只要动动脑子，就会想象到大气层外的河汉灿烂。走在几乎没有行人的大街上，我感到周身一阵阵发冷，剧烈地哆嗦着——而这种现象我记得是少年时第一次触摸到异性身体时突然产生的——直到看到十字路口灯光下大排档围着桌子打扑克的厨师和服务员，还有那寥寥的鬼魅般的客人，我才被理智渐渐控制，发抖明显减弱了。

我甩甩臂膀，开始小跑，越跑越快，直到奔上单位大楼，打开我的办公室，倒在那条破旧的长沙发上，我才觉得大梦初醒般清醒过来，不由哈哈大笑起来，毫不做作地，发自肺腑地、失控地怪笑。我笑得浑身都松弛下来，寒气渐渐离我而去而疲倦缓缓袭来。闭眼之前我看了看表：凌晨1点14分。

我之所以能抵挡鲁小曼的诱惑，拒绝她的献身，并非出于理智，而是本能。用平常眼光来衡量，鲁小曼、郭芙、香灵都是人见人爱的漂亮姑娘，是不可多得的性感尤物，但我最终本能地拒绝她们，正是因为我没有怀着一颗平常心去欣赏她们，而我没有平常心，又是因为我不是个平常人——至少，是我不甘心做一个平常人。而现在我的发展和已经取得的成就，说明了我的本能是起了良性作用的，我或许为曾经的拒绝感到遗憾，但绝不会懊悔。

32

我得承认，鲁小曼和郭芙对我存在着一种原始的诱惑力，当我心浮气躁的时候，这种诱惑的力量就会加剧——虽然我总能在最后的要紧关头战胜它——而当我头脑冷静，觉得自己是一个正常人的时候，不自觉地又会忘记她们，好像从来不曾在我的生活中和脑海里存在过似的。这时候，我就会注意到张亮的存在。

像以往一样，与鲁小曼奇异的诱惑力进行过一番激烈的争斗后，我获得了很长一段时间的平静状态。——仿佛把那一团一团的焦躁和骚动都发射了出去，只留下了一个清静的心灵世界似的。从鲁小曼那里逃跑出来的第二天下午，办公室走得没人了，我趴在桌子上写一首"诗"：

这就是我的身体吗？难道！
我必须想尽办法去满足
它的一切需求和贪欲？

刚写了这几句，张亮进来了。

"又写东西呢？"她以一种少有的前后微微摇摆的欢快动作走进来，看了我一眼，不由笑了一下，坐到我那条破沙发上。

我把手里的笔放到稿纸上，转过来笑着问她：

"你还没回去。"

"没呢。"她用好看而纯洁的眼睛盯了我一下,又看了看窗外,一副欲言又止的样子。

我一时找不到话说,就和她面对面地沉默,——我太喜欢这种感觉了,和一个又美丽又单纯的姑娘对坐,就像朗诵一首清爽的小诗。

"我找你有事呢。"她终于说出来了,还下意识地歪了一下脑袋,仿佛不用力话讲不出来似的。

"说吧,什么事?"我笑眯眯地问她,预感到这事情可能有点蹊跷。

"你晚上有事吗?"她反问。

"就算没事吧,如果不看书写作,我每天都没事。"我咬文嚼字地回答,又强调了一句,"没事,你说吧。"

她咬了咬嘴唇说:"我妈让你去我家吃晚饭!"

"你说什么?!"我始料不及,一颗心"咚咚"地狂跳起来,每一下都很沉重,重得让我气短眼花。

"我妈想见见你。"她又重复了一句,表情很不自然,仿佛还有一点羞涩。那种复杂的眼神,任凭多高明的画家也画不出来。

"嘿嘿,"我有点傻呆呆地说,"去你家吃晚饭?为、为什么?"我的意识此刻几乎完全丧失了,仅凭一点本能讲着话。

"你别误会!"她不好意思地大笑起来,手掌在脸前扇了儿扇,好容易收住笑容说,"我妈是你的崇拜者,想向你请教写作呢。"

"我知道,我知道。"我掩饰地说着,同时心向下坠去,坠得两颊都有点不舒服,像在腮帮子上挂了两个秤砣。

"你知道?"她奇怪地问。——真是个傻丫头!

"我猜就是，我经常被人叫去吃吃饭，跟人家谈点文学和写作，像你妈这样年龄的还挺多。"我故作严肃地说。

"是吗？！"她敬佩地张大了嘴，——我可真拿她没办法。

"什么时候去？"我问。

"现在走吧。"她起来就走，我在她身后悄悄地叹了一口气，然后关灯、锁门、下楼。

我们走的是小路，从一所中学的旁门进去，穿过偌大的操场。她家所在的区民政局宿舍区就在这所中学正大门的对面。操场是平整瓷实的沙土地，我们走在沙地上时，初月刚升，整个空场上笼罩着一种淡白的雾气，有一点湿意和凉意，那是月光和夜雾的合成物，隐约还可以望见空场边缘的花木。我们俩的影子长长地拖在身后，我的明显比她的短一截。

如此良辰美景，和一位如花似玉的妙龄女子漫步月下，周遭又寂然无人，真是一种沁入心灵的福祉呀。但我稍一扭头，看见的却是她的肩，——天哪，这么个大妙人儿走在我这个矮子的旁边，竟然一点美的意思也找不到了，像一根高大的水泥电线杆。我的沮丧和自信抗衡着，最后的战果是：我愿意付出一切代价来换取一副健美颀长的好身板。但这显然是不可能的，因此我觉得自己都失去走进她们家门的勇气了。更糟糕的是，她似乎比我还窘，笔直地朝前走，一眼也不敢看我，仿佛很不好意思比我高那么多似的。我故意地喊了她一声，以此来让我那懊恼心情上升到极端，但她却只稍稍侧了一下脸和我说话，脸上挂着一种莫测的微笑，——唉，原来她一直在不自觉地暗笑我呢！

终于走出那万恶的空场——如果不是空无一物的广场，她也不至于成为我身高的唯一参照物——横穿过一条小巷，进入住宅区，楼层间的黑暗让我深感安慰。正是晚饭时间，所有的阳台窗户都灯

火通明,能听见油在锅里滋滋地响。张亮指着二楼的一个阳台说:

"瞧,我妈正给你炒菜呢。"

我笑着望了一眼,鼓起勇气强打精神跟着她走进了单元门。

一步跨进张亮家门,我马上有种落入陷阱的感觉:她妈、她爸、她哥,一个比一个高大,尤其她哥和她爸都是一米八往上,块头大得吓人。我站在几位巨人面前,就像一只绵羊仰头望着几峰骆驼,那个别扭劲儿,像有两块巨石压在我的肩膀上。她爸热情地伸出蒲扇般的大手握住我可怜的小爪子不住摇晃,她妈则站在一旁滔滔不绝地倾诉对我的仰慕之情犹如江河之水,她哥出于礼貌,也把一只手搭在我肩膀上。我嘴上应付着,一脸伪谦虚地笑着,心思却都在那些沙发上——只有大家都坐下来,才会让这空前的压迫感消失,——哪怕仅仅让我坐下来。

可能是这一幕太像漫画了,张亮强忍笑意,端了一盘水果去厨房了。随即,厨房门帘一掀,走出一位身材高挑面容姣好的年轻女子来,——大变活人似的。她边走边说:

"看你们,还不让人家坐下来,这又不是在大街上。"

那三位巨人这才不好意思地放开我,大家都坐到了沙发上。我逃也似的坐下来,心中对那位"变"出来的仙女充满了感激之情。

"这是我媳妇儿。"张亮哥自豪地说。

"你好,久闻大名了。"张亮嫂微笑着,落落大方地欠身和我握手。

终于有一个矮一点的了!我有种得救的感觉。她嫂子穿一身紧身黑衣服,可能是黑白反差的缘故,皮肤显得又白又嫩,高大的张亮往她身边一站,像个花木兰。

张亮要是像她嫂子这么高,我一定要追追试试!——我暗动心思。

酒菜摆上，这一家子直肠子人的热情让我忘却了刚才的不自在。张亮爸一门心思地劝我喝酒，她妈则筷子不动地向我讨教写作问题，而我渐渐从容起来，倾尽所学夸夸其谈，像极第一次登门讨好岳父母的卖弄女婿。

张亮妈如饥似渴的追问终于使张亮哥感到脸上有点挂不住了，这个健美运动员似的青年看了她妈一眼说：

"妈，你让人家李乐吃点儿。"

大家都被逗笑了。

"我这不是机会难得吗？"她妈像个受了委屈的小女孩似的争辩。

张亮嫂子故作严肃地说："妈，你要有这么个谈得来的女婿就好了。"

我心中一动，观察着张亮妈的反应。她妈眼中似乎一亮，看了张亮一眼，张亮装作没听见，边喝汤边问：

"我没听见，你们刚才说什么？"

她哥嘿嘿地笑个不停，她爸也笑着微微摇了摇头。

"好吧，说点儿别的。"她妈恋恋不舍地说，还叹了一口气。

一时间大家倒没话了，于是又面对面哈哈大笑。

"说正经的，李老师……"她妈探身向前，一副要问什么要紧事的样子。

"妈！难听死了，叫他李乐儿就行。"张亮剜了她妈一眼说。

"你知道什么，有志不在年高！"她妈不服气地说，又扭头问她爸，"你说是不是，老张？"

"阿姨，叫我李乐吧，您是长辈。"我做出一副知书达礼的样子说。——这倒不是虚伪，我就这样儿。

"好吧，那李、李乐，你多大了？"她妈慈爱地问，难掩喜爱之情。

"周岁二十六了，阿姨。"

"找到对象了吗？"她妈认真地等待我的回答。她嫂也在一边停下吃菜，注意地看着我。

"人家是才子，挑花了眼，还没选定呢！"张亮抢过话头说，同时瞪了她妈一眼，——我觉得她意味深长地用眼角余光扫了我一下。

"当然了，才子谁不喜欢？自古……"她妈赞赏地说，同时笑了一下，好像有点失落。

我想不到话题会转到这上面，但心中感到非常受用，不由豪气满胸膛，用清亮的嗓音说："阿姨，不着急，我打算很快去省城发展，然后再去北京，等事业有成了，再说结婚的事。"

"有出息！"一直没怎么说话的张亮爸突然说，然后看了看儿女和媳妇说，"你们年轻人都应该有李乐这股子闯劲儿。"

"他要是再高点儿就十全十美了。"张亮突然刻薄地说，不知道是嘲笑还是为我感到惋惜。

"身高算什么？多穿几尺布！关键是要有才华、有抱负，像李乐这样的才子，是少有的……"她爸认真地说。

"精神巨人！"她妈接口道。

"对对，精神巨人、思想巨人。"她爸憨厚地笑了。

我尽量控制自己不多喝酒，但这些赞扬的话在让我感受到现实条件的无奈的同时，转而又激发了我强大的自信和进取心，我就和她爸、她哥豪爽地对饮起来。

最后，她哥不得不用摩托车把我送回单位。我趴在那宽阔厚实的肩背上，感到自己弱小如一个女人。而且——老天——我竟然以为自己就是一个女人了，因为那肩背太有力，太能给人安全感了。

后来凉风一吹，我又暗自冷笑起来：再壮硕高大的身躯，没有精神和思想的支撑，也不过是会行动的血肉骨架而已，而真正的强大是无形的！

33

我一直把握不好男女之间的友谊，那种比普通朋友关系密切却不到情人关系的情形，让我感觉如同光着脚在刀刃上行走。这种关系就是前几年讨论得如火如荼的所谓"第四种感情"，可见几乎是普遍存在的，我特别想知道其他人是怎么处理这种境况的。——据我所知，有多少人把这种暧昧关系误认为是折磨人的爱情啊！至于我，您都看到了，我曾经在很长一段时间里同时和两个女人保持这种关系，而这两个人几乎是"母女"关系，这就更增加了处理难度——如果以乘方来计算难度系数的话，我的处境至少比别人糟糕4倍（不考虑我同时从中所得到的慰藉的话）。现在，您一定能够理解我为什么对男女之间的暧昧关系深恶痛绝了，——物极必反呀！这种心态因而改变了我一生的感情处理方式，直到现在，只要一发现有某位女士想跟我发展这种"知心朋友"或"亲密伙伴"关系，我马上从潜意识里感到十分厌倦，不由自主地对人家采取了冷遇政策。因此，除非有个天下第一的有吸引力的女人一见面就对我说"我要做你的情人，现在就开始"，否则我将来的妻子是不用担心我这辈子绿叶出墙了——到哪里去找天下第一有吸引力的女人？就算有这样的女人，她才不肯对谁说那种话呢！

平心而论，或者闭上眼睛从我最本真的心灵的感觉出发，张亮是个对我有着不自觉的吸引力的女人。我对张亮有一种隐隐的亲近感,但一想到我们有可能发展成"第四种情感",我马上就会厌恶地放弃了一切尝试。张亮是一个真正的心无芥蒂的女孩子,我认为她像哪吒一样不是血肉之躯,而是莲藕化形的——用雪白的藕节拼个人形,再赋予她温柔的爱心和无色的灵魂,那就是张亮。跟这样的人儿发展那种不清不楚的感情,纯粹是暴殄天物!

但是当我去过张亮家里,受到她父母家人的款待后,我的上述原则似乎有所动摇了。也可以说,我开始想做一种超越那种该死的感情的尝试。我采取了最传统、最直接的方法——没事就去找张亮谈天,希望自然出现转机和升华。

有一个上午,下班后我从厕所出来,路过她们室,看见张亮一个人坐在办公桌上写字,就走了进去。她背对着门口,听到有人进来,赶紧把手掌放到本子上作为遮挡。

"写日记呢?"我用开玩笑的口吻问。

"嗯。"她笑着答应了一下,又纠正说,"不、不是,写点小感悟。"

她嘴角笑出来的优美纹路把我迷住了,以至于我暂时忘了我们在谈什么。

她依旧那样迷人地笑着,摆出一副准备和我交谈的样子——啊,这个纯真的女孩。

我却想起我们未完的话题了,问她:"能不能让我看看?免费给你指导一下。"

"呀——"她有点为难,但突然间又笑了,很痛快地递给我那个本子说,"别笑话我啊!"

我接过来,看到这个新买的硬皮笔记本上只写了不到十行字:

  无知让我快乐过，
  但我却发现它不是真正的快乐；
  我曾觉得一切都没意义又都有意义，
  因此我对一切都不去用心，
  但是，我又发现这样活下去没有意义。
  这一切本来都不是我所能领悟到的，
  但是却让我看到了，
  并且它正改变着我。

  我无法掩饰自己的震惊——这竟然出自我认为头脑几乎一片空白的张亮！我瞪大眼睛看着她，用少有的激动语调惊喜地叫道：
  "好！这真是你写的吗？！"
  "怎么啦，说过不许笑话我的嘛！"张亮半笑半嗔地看着我，突然又指着我大笑说，"嘿，你怎么脸红啦？"
  我摸摸脸，果然有点烫，——这是发自内心的高兴呀，一方面是因为我传教式的劝导终于起了作用，另一方面是发现了张亮并不是那种愚蠢的女人（我最讨厌笨瓜似的女人了，女人没有灵气就跟山上没有水一样乏味）。我收敛了笑容，一本正经地对张亮说：
  "我太高兴了，你的转变这么大，我都不敢相信对面坐的是那个曾经对什么都不在意的张亮！"
  张亮微微挑起嘴角，然后脸上漾出明朗的笑容。她不好意思地调侃说：
  "怎么啦，怕抢了你的饭碗？"
  我说："欢迎竞争，没对手是一件最痛苦的事情。"
  我们又说又笑地扯了好久，都忘记了肚子饿的事情了。张亮似乎很随便地问道：

第七章

"李乐,你知道世界上最让我佩服的男人是谁吗?"

我很想让她说是我,但又清楚这是不可能的,就按一般逻辑猜测说:

"你爸?"

"不,是你!"她依然笑着,但口气斩钉截铁。

这回轮到我不好意思了,不自然地摆手说:

"求你,别吓我好不好。"

"就是你,你改变了我的一生。"她很认真地说,甚至皱起了眉头。

"我?怎么会……"我真有点儿吃惊了。

"你是我见过的最实干、最有上进心的男人。"她又笑了,看得出显然动了真情。

"嘿嘿,我也是为了谋生……"一时间我不知该说点什么好,想谦虚一下,又觉得是变相标榜。总之,我有生以来虽然狂傲得很,但还是想不到自己会在一个人眼里这么有价值。我震惊了,又窃喜又手足无措。

"你以后还要像以前一样指点我,我会跟你好好学习。"说这话时张亮想看着我的眼睛,又觉得难为情,就把眼光移到了别处。她的语调那么柔和动人——原来一个不解风情的女孩子突然暴露出少女的温情,竟是那么让人无法抵挡,她只轻轻一句话,我就像阳光下的雪花一样融化了。

我们的谈话开始有了另一种意义,仿佛都很憎恶废话和客套似的,彼此都坦诚相待。人间有时候真会出现这样幻境般超脱俗世的情景,那一刻让人恨不能永远留在那段时间里。但是肚子确实饿了,我建议去饭铺吃牛肉饺子,张亮说可以,但要她请客。我说:"这样吧,我还从来没请你吃过饭,你借给我十块钱,我请你。"

张亮开心地笑着说:"鬼聪明!"她打开皮包,拿出一沓钱来,抬头望着我问:"要不要多借?"我说十块足够了,同时不经意地看了看那沓钱,——就在那一刹那我感觉脑子里有根弦被拨动了一下,仿佛想起了一个久别的故人。我心头一跳,于是在张亮寻找十块钱的时候定睛细看,果然,在她那一叠钱里有一张很特别、很显眼的"钱"——那是一张黑色的壹佰元券。一阵感伤涌上心头,不是因为我想起了这张钱是曾经为郭芙制作的,而是因为不该是它的主人的人对它如此珍视——那张复印的钱数月之后竟然还被张亮保存着,与她皮包里那些必备的心爱之物同等待遇。我不敢但又不得不凝视张亮,我迷惘了:张亮啊张亮,你到底是不是个有心人?同时我的脑子里飞快地转过一万个念头,最剧烈的是世俗的标尺与自我的评判之间的争斗,最后归结为一个问题:假如我追求张亮,她会用哪一种标尺来衡量我?但无论如何,我还不具备向张亮坦露心迹的条件和时机,——我在等着她的主动吗?我这个怯懦的对精神和真情叶公好龙般的男人!

张亮似乎也注意到我的神色不对,她也并不是没有注意到那张钱,但她很自然地——至少表面上看如此——把那张钱和其他钱一块儿整理了一下,说:

"走吧。"

第八章

34

  一九九九年的三伏，不知受到来自何方的力量的支配，我像天气一样地几乎燃烧起来了。我不惧热浪地随处乱撞，到处找人交谈，浑身的细胞失控地做着热分子的高速运动——不是身体发高烧，而是我的心变成了一块炼炉中的红铁，我的心跳像汽缸里被不断的爆炸推动的活塞，产生的巨大能量让所有的轴承飞速运动；而我的脑子，也像高速下的汽车一样开了锅，我必须不断说话，不断地吐出舌头来散发热量，绝类那些伏天里痛苦的狗。

  我向所有坐在我面前的人阐述我的思想，谈论我对艺术的理解、对生命的感悟，哪怕这个人是我曾不屑一顾的凡夫俗子，或者我曾鄙弃的根本就是用肚子思考的那种活死人。我在街上走,去别人家里做客,参加一些数百人的大会,甚至跟别人蹲在厕所里,都不放过高谈阔论的机会。只要一开口,我就像开了闸的洪水一样滔滔不绝,——我并不是人云亦云或者空话连篇,而是因为从思想的深处老是产生出一些热烈的想法和不平凡的念头,毫不夸张地说,灵感绵绵无绝期。

有幸或不幸成为我的听众的那些人,在我汹涌澎湃的填鸭式灌输下,开始时是满脸的震惊,后来明显地一头雾水不知所云了,时间一长,脸部表情渐渐痛苦扭曲,最后惊慌失措地找个借口赶紧溜走,往后再碰见我,就一脸惊恐地夹着尾巴逃掉。只有少数的听众,比如张亮和几位搞学术研究的前辈,他们很耐心地听我指东画西地发泄般的讲解,直到我口干舌燥,喉咙里再发不出声音来,然后他们就和颜悦色地回报我一个心领神会的微笑。但当我喝一口水,继续把我的理论完整地阐述出来,他们也必定大惊失色如遭电击。

一向狂傲地认为画家不必浪费时间去读书的罗成,也曾在我高深的见解无情地轰炸之下变成霜打的茄子。关于我对罗成的教导,喜欢恶作剧的申公豹曾偷偷地录过音,并把它作为笑料到处拿给人听,不论我在不在场。其中有一段话我是这样对罗成说的:

有志于艺术者,要想领悟艺术真谛,艺术门类之外的学识和修养至关重要。艺术家本身积累深厚了,才能通过对比判断,对世界形成自己的认识;认识了世界,用艺术手段加以表述,就形成了艺术家独特的艺术观念和作品风格。而那些人云亦云者、随波逐流者、盲从于意识流派者、模仿前卫表现者,时间和世界将很快地证明他们的无知和愚蠢,并使他们像从未存在过一样消失。——原

第八章

因很简单,连独特的世界观都形不成者,必定生活于别人的观念之中,对艺术更无独到见解,最终难窥门径,不能登堂入室,自成一家。这个道理很浅显,但大家都不愿意去想它,不愿意静下心来去读书和思考,更不付诸探索和实践,所以大师才那么寥寥。

我这段话是不是信口雌黄,读者诸君自有明鉴,我把它作为我那个时期言论的一个代表引用在此,现在看来虽然浅显,但只是想让读者对我当时的状态有一个更深层次的认识。

回想那个骚动不安的时期,我仿佛一个无欲无求的教父,带着上帝的旨意劝化开导我周围的人,我甚至忘记了张亮是个漂亮的女孩子,而她每天都在围绕我做圆周运动,并且我们之间似乎有一种心照不宣的念头萌发——我忘记了张亮的性别,只是视她为一个最好的听众。而我那些听来惊世骇俗的高深理论和见解,现在想来不过是一个年轻的有追求的人的奇思妙想和个人见解,有的根本经不起推敲,是没有根基、不成体系的思想,而且多数现在已经烟消云散,找不见一片影子了。唯一影响我一生的倒是在这种心态下发生的一件小事。

我的反常行为,让编辑部的同事谈李乐而色变,没紧要事大家都不来坐班了,而张亮的脑子里再也装不下我奇形怪状的想法了,她不堪重负,一坐在我面前就昏昏欲睡。有一天上午,我终于捉不到一个人做我的听众了,只好一个人捧着卡夫卡的《城堡》在办公室里走来走去,如饥似渴地读上面大段大段的对白,那些冗长而费解的争论让我如沐春风,那是双重的演说,频繁换位的阐述,我可以随时是这一个或者那一个,享受着淋漓尽致的舒服和近乎歇斯底里的发泄。看到精彩处,那些奇妙的念头像天女散花一般纷纷堕落,而我就能获得短暂的平静。

我像刚洗过一个热水澡一样舒坦地在破沙发上躺下来，想对自己做一个反思。这时候，电话铃响了，是省报的副刊部主任乐进打来的。

"嗯……"他一反往常的高门大嗓，口齿有点不清地说，"请你帮一个忙。"

那个时期我对所有报纸副刊的编辑亲切备至，不假思索地回答："乐老师，客气什么，您说吧。"

"想请你写一篇文章。"他似乎有点不好意思，但又不得不说，顿了一下说，"就一篇千字文。"

"哈哈哈！"我失笑，"千字文！"

"对对，不过是一篇特殊的文章。"

"不是要在报纸上发表的？"我开始有一种不太乐意的猜测。

"不是要发，是为省里的一位领导代写。"乐主任有点打哈哈，又用半煽动半恭维的口气说，"你是本省文笔最好的，而这位领导也真正地懂文化、喜爱文化，所以只能由你来写，别人拿不下来。"

"可是，乐主任，我不懂政治，肯定写不到领导的高度。"我本能地推托。

"不不不，要的就是纯美文的，是在全省首届民俗文化节上的致辞。领导说了，要用文学来歌颂文化，能写成一篇骈文或赋最好。"乐主任边说边笑，口气却不容推辞。

"您看，乐老师，我的艺术理想是……"我依然不放弃最后一个推辞的理由。

"小李呀，就算是帮我一个忙。咱们这两年合作得也不错，我还打算给你开一个专栏呢，互相帮助嘛。再说，也许这件事对改变你的现状有好处。"乐主任也不让分毫，拿出撒手锏来了。

我想告诉他我的现状挺好的,不想凭文学创作之外的手段来改变它。但我不能不给乐主任这个面子,他几乎是全省文艺界最推崇最欣赏我的一个人了。况且我正好借此机会把才情充分发挥一下,让自己不至于逮谁教育谁了。——我虽然不是个患得患失的人,但我很在意得失的守衡,只要不是做无用功,哪怕我冲着磨炼一下自己的忍耐性,我也会去做一件并不指望从外界得到任何好处的事情。

"好吧,什么时间要?"我爽快地说。

"好,够意思……"乐主任又吼叫起来了。

于是,我咬着牙认认真真当了一回枪手。

首届民俗文化节开幕式上,我远远地观赏着那位大领导在花团锦簇的主席台上致开幕词。他用略带地方口音的普通话把那篇千字文读得抑扬顿挫字字生花,并且很有风度地打着手势,此情此景,让人毫不怀疑那篇致辞就是出自他的笔下。我第一次震惊于领导们的表演艺术,——这之后我欣赏过大大小小胖胖瘦瘦的领导们的表演艺术,发现虽然都很娴熟,但难掩粗俗和定式,相比之下,这位副省级领导还算是最让人感觉到书卷气和真诚一些的,或许是因为他本人分管宣传文化,而又有点文学素养或者是癖好吧。

民俗文化节圆满结束后,乐主任又给我打来一个电话,用中了十万元彩券的惊喜口气对我喊:

"小李,领导对你的文章赞不绝口,说这样的才子不能埋没,要给你们领导打电话!"

"打电话干什么?"我不解地问——对文学之外的事情,我可以说是弱智。

"很快你就会知道的。"乐主任愉快地说。

两三天之后,赵社长和宋主编突然找我谈话,写墓志铭一般列举了我的诸般成绩和美德，最后宋主编像往常一样哥们义气地拍拍我的肩膀说："你有没有信心把编辑部主任的担子挑起来？"然后他把烟送到嘴上，用两根手指夹着它，边吸边歪着脑袋看我，我看见那烟雾之中他的神情与往日有点不一样——宋江主编很少这样遮遮掩掩不见庐山真面目的呀。

"怎么样，李乐？"赵社长赵大妈也慈祥地笑着问我。

我心头一动，一种喜悦让我呼吸困难，伴随着冲天的豪气在我的周身游走，——我几乎要飘起来了，又觉得要全身战栗，暗暗压制了好久，才没被这世俗的功利感俘获。我收敛了不自觉浮上嘴角的笑容，真诚地说：

"不，我的特长不在日常事务上，况且，做好我的本职工作之外，除了写作，我什么兴趣也没有。"

两位领导对视了一眼，低声地交换了一下意见，然后由宋主编宣布：

"李乐，咱们弟兄在一起相处了这么长时间了，哥了解你，那就不强你所难了，跟你说实话吧，省里有位大领导很欣赏你——你一定也知道他是谁——他打电话跟我们商量要调你走，我和赵社长舍不得你，并且早有提拔培养你的想法……"

"请您和赵社长放心，我不会走的。"我坚定地说。

"这点我们很清楚，那不是你的追求。"赵社长笑眯眯地说，"所以你必须接受提拔，我们才不至于拂领导的面子。"

"就算是替我们考虑吧……"宋主编沉吟了片刻说，"你不想当编辑部主任，就做我的助理吧，挂个名，也不会耽搁你的创作，而且，你有了级别，我们也好替你向领导交代。"

面对这两张真诚坦率的脸，在这样关心爱护的目光照耀下，我还能说什么呢？

第二天早会上宣布我的任职决定后,我就从第一室搬到了主编办公室外面的一个套间里。后来,我借口自己不干实际工作,要求和编辑部主任调换一下办公室,宋主编点头了。于是,我就拥有了一间属于自己的办公室,仿佛拥有了一块独立的精神领土,随之而来的是两个变化:一个我的工资翻了一倍;再就是,人们突然都对我尊敬起来了。

35

张亮到我的办公室来道贺,一进门就说:

"祝贺你,又升官又发财。"

我用脚蹬住桌子,靠在椅子里向后仰去,凝视着她,笑着说:"不好吗?飞黄腾达从现在就要开始了!"然后用手里的笔指指旁边的椅子,示意她坐下。张亮坐下来用研究的眼神望着我,似乎在冷笑着说:

"李乐,刚当上助理就端起主编架子来了?"

她一认真,我这戏就演不下去了,终于哈哈大笑起来,跳出椅子去,把半边屁股灵巧地抬到桌子上,抒情式地向空中伸出两条细胳膊叫道:

"难道你不高兴吗?可爱的张亮!"

"高兴?当然高兴,但也没你高兴!"张亮像是在讽刺我,但眼神却是坦诚的。如果不是我了解她,一定以为她是在嫉妒和挖苦。

"你当然没有我高兴了,你知道我最高兴的是什么吗?"

"有了一个单独的办公室？"

"对，更确切地说，有了一个窝！"我热切地说，从桌子上跳下来，把张亮拉到我办公桌后面那一大片空间上，盯着她问，"你看这里，缺个什么？"

"什么？一张床吧。"张亮试探着问，脸上隐约露出一丝喜色。

"太对了，快四年了，我终于告别那条破沙发了！可以不花钱就有房子住了！！而且每晚都睡在床上！！！"我激动地说着，以至于眼前都开始朦胧了。我掩饰地转过身去，不让张亮看见。

"下班后我陪你去买张折叠床吧？我家有一个不用的旧书架，送给你，你就不用把书放在纸箱里了。"张亮也快速地说着，目光闪烁，兴奋之情不亚于我。

这时候，宋主编推门进来了，若有所思地说：

"李乐，你把我办公室那张床搬过来吧，我新买了一套沙发，没地方放。"

太好了！我和张亮惊喜地对视了一眼。

宋主编走出去，在楼道里喊："罗成？申公豹？过来一个人帮个忙。"

午饭后，张亮又跑来了，手脚麻利地给我铺好床，然后坐到我那张虽然旧但又结实又稳当的梨木床上，满脸欢喜地看着我。

我却兴奋不起来了，低着头沉思，说话也心不在焉的。张亮用探究的眼神看着我，问：

"怎么了？困了吗？还是不欢迎我老来？"

"不是。"我叹口气，真诚地看着她说，"我是在想，这一切是怎么来的？变化为什么这么快？"

"你奋斗来的呀？"张亮不解地问道。

第八章

"哼哼,奋斗!"我冷笑着说,"我写了那么多东西,除了改变一下我自己的思想,对现状简直没起什么作用;而我给省里的领导写了一篇千字文,讨得了他的欢心,然后他随随便便打了个电话,我就'又升官又发财'了!"

"证明你的文章写得好,得到了领导赏识呀?"张亮更加不解了。

"赏识?!工具罢了,我可不想当御用文人!"我越想越气,简直要发作了。

张亮迷惘地望着我。我看了看窗外,尽量平静地说:

"你想想看,我写了一百多万字的作品,刚刚可以糊口,连张睡觉的床都没有,而这一篇千字文,竟然可以让我不写文章也能生存下去!一千比一的比例,一比一千的效果,这是怎么回事?公平吗?"

张亮无奈地笑笑说:"你这个人真是少见。"

"我看透了这一切,不打算和现实争辩了。"我低缓地说,"我要安心读书,潜心创作,再也不在人家面前装圣人了。"

张亮出神地看着我。

一场大雨涤尽了暑气,我也从枝头一只烦躁的知了变成了黑暗的泥土里的蚯蚓。我整天整天地闭门不出,有人敲门也不搭理。只有张亮一个人例外,她在敲门的时候喊一声"我是张亮",门就打开了,好像阿里巴巴的那句"芝麻开门"一样灵验。

顺风行船的人生开始了。乐主任信守诺言地给我在省报副刊上开了一个文艺批评专栏,接着,南方北方几家大报先后约我定期撰稿,每篇文章稿费一百元到五百元不等,几乎就在同时,我连续获得了几个征文大奖,名利双收。在一次全省文学界的研讨会上,我被几位老文学批评家称为本省批评家断代之后最有实力和潜力的青年评论家。这一切的到来,并没有使我感到突然和惊奇:一来我数年来埋头耕耘,今日的收获早在预料之中;二来我渐渐发现自己追求的目标不再那么明显了,而是依稀可见,却又看不明白说不清楚,于是,我常常向自己的内心深处探求发问。而且,在这个环境里,我越来越寡言了,走出去寻求发展的念头像滚雪球一样越来越大,我简直又要坐不住了。

是时候了,我必须离开这里,到一个广阔的天地里去,用我的创作和思想挣来的钱生活和发展。

回想毕业后这四年的岁月,我可以赞赏自己的一点就是:我没有为了生存而放弃做梦的权力。

36

就在我闭门不出,把自己囚禁在斗室之中不和外界接触的日子里,每当去厕所或者不得不到街上吃饭和买日常用品时,在我和别人打招呼的同时,总是为对方的生活方式感到悲哀。当告别路遇的人后,一个人走在回来的路上的时候,我想:啊,每个人都在做着自己的事情,人们能够执着地活下去,是因为都有一个支持自己活下去的信念,从这个结果上来说,上天无疑是公平的;但这些信念又是多么的不同呀:一个为了让自己和家人生活得舒坦的人,无疑是高尚的,但一个为了品尝痛苦而活着的人,有谁能理解他?那个痛苦中的人提醒幸福中的人那幸福其实是最悲惨的事情,肯定后者不会买他的账,还要骂他神经病。所以最后的结局是,清醒者只有守着他的痛苦而孤独。我就是甘愿痛苦者之一，孤独是我保持清醒的方式。我想起了雨果在《悲惨世界》里评价卞福汝主教的一句话："他不企图用遗忘去消除痛苦，却用希望去使苦痛显得伟大和光荣。"这个曾经感召了冉阿让的人，同样也感召着我。

在这种情况下，我百毒不侵，却无法抵挡爱情的潜滋暗长，如果我坚固的壁垒裂开了一道缝，那就是爱情的草芽顶开的。与此同时，从那缝隙中漏进一线生命的亮色。但我毕竟不能用爱情来麻醉自己的神经，我或许太清醒了，对那令人神魂颠倒的爱情也加以审视，——然而有什么是经得起理性的推敲的呢？——因此爱情没有让我减轻痛苦，它与美好相反的另一面反而加重了我的疼痛，我之所以不能抛弃它，是因为它可以提供偶尔的幻想来安慰我，这幻想，是支持我向前走的拐杖，是让我在人性的黑暗中赖以驱走睡意的亮色。

我说过，我是个很在意得失守恒的人，既然我靠一篇千字文改变了现状，愤懑归愤懑，我还是很坦然地接受了这不期而至的一切，况且这样的环境多么有利于静心读书和写作呀，偶尔有红袖进来添香，也别有一番情趣。国庆节放假前夕的一天下午，张亮因为感觉不舒服，盖着毛巾被躺在我的床上睡觉。突然有人轻轻地敲门。要在往日，我头也不会抬，但今天怕吵醒张亮，而且听声音不像是本单位的——编辑部不论男女敲门都像敲山一样用力——我轻手轻脚走过去，刚打开门，对方就喊了一声："李乐，在呢？"原来是省报副刊部的副主任乔治。我赶紧低声说：

"乔老师呀，快请进。"

乔治走进来，看见我床上躺着个女孩子，无声地笑了笑，假装没注意。坐下来，乔治习惯地掏出烟来，看了看床上的张亮，没有点火，而是放到了桌子上。我说："抽吧，没事，窗户开着呢。"

"还是不抽的好，没事没事。"胖胖的乔治修养很好地冲我摆摆手，然后压低声音问，"最近忙不忙，写什么呢？"

"主要写评论性随笔，我想多做点思考。"我接着问，"乔老师，什么事让您亲自跑了来？"

"李乐，"乔治把椅子往我跟前拉了拉——可能是怕吵醒张亮——小声说，"是这么回事，报纸要改版，乐主任叫我来找你，想请你去主持文学版面……"

"我？"我虽然并不意外，但还是有点吃惊，问道，"要调我吗？我们领导怕不会放人。"

"先是聘用，慢慢再说调的事，一来能尽快投入工作，二来你们领导这里也好交代。"

"工作量大吗？我刚刚才有了这么个读书写作的好环境……"我环视一下我的办公室，有点犹豫。

"工作量一点也不大。你想想，党报副刊，只要不捅娄子就成，编一些主旋律的传统稿件，而且每周一块版，凭你的能力，两天就完成了。"乔治诚恳地说。

"为什么非要我去编？"我自嘲地笑着问。

"这不是要改版了吗？你的文字功底好，跟省内外的作家、评论家都熟，由你来编，一来能提高稿件文字质量，二来可以约到有分量的稿件。既然是党报副刊，品位与格调当然越高越好。"乔治接着说，"乐主任的意思希望你能答应，我更希望你能来。"

我扭头看了看一动不动的张亮——不知她是否真的睡着了——故意提高了声音说："我答应，我早就想去省城发展了，而且有这么一块版面做园地，可以跟全国文化界进行交流，一边编报，一边写作，这是我梦寐以求的生存方式——当年鲁迅、徐志摩他们就是这样的呀。"

"对对对。"乔治也兴奋起来了,他似乎对我的反应早有把握,笑着说,"从一个休闲杂志到省报的文学编辑,别人对你的看法就会大大改变,有利于你的发展。"

虽然他的说法有点现实,我还是认为不错,就问:

"什么时候上班?"

"嗯,国庆期间放假,这几天你正好把该交代的事情办一下,一上班就来吧。不过……"乔治为难地说,"报社几年才分一次房子,住房还得按资历分配,你一两年内得自己租房子住。"

"没关系!"我大声说,"现在不比前些年了,我的稿费月收入一两千呢。"

"那就好,我要赶回去给老婆做饭——她怀孕了。"乔治面露幸福的微笑说。

"恭喜乔老师!那我就不留你吃饭了,上班后咱们再好好聊吧。"我站起来向他伸出手去。

"好嘞好嘞。"乔治和我握了手,向门外走去。我抢上一步打开门,把他送到楼下。

临别时,乔治神秘兮兮地笑着问我:"床上躺的是你对象吧,长得不错嘛。"我笑了笑,未置可否。

回办公室的路上,我感到久已不来的兴奋,不知道是高兴终于要离开这个小地方了,还是乔治刚才问的那个问题说中了我的心事。

一进办公室的门,我吓了一跳:张亮正坐在我办公桌后,像个法官那样看着我。

我赶紧关上门,走过去坐到乔治刚才坐的那把椅子上,感到心中有千言万语要对张亮说,——而且想借着兴奋劲趁热打铁把平时不敢说的说出来——但又不知该不该对她说,只好低头不语。

"你应该出去，你不是池中之物。"

我又一惊，抬头望张亮，她一脸真诚，——但我却从她的表情里找不到一丝留恋和伤心——于是我不开心了，语气平缓地说："不错，迟早要走，早走早有发展。"我顿了一下，扫视了一眼我的办公室，意味深长地说："人真是个奇怪的动物，走不了时急得像驴拉磨，要走了，还真有点恋恋不舍。"然后，我注意地看着张亮的反应。她似乎听不出我的潜台词，以她惯有的纯洁的笑容表示着她对我真心的祝贺，并且说：

"等以后你当了作协主席，希望我可以骄傲地告诉别人，我和大作家李乐不但共过事，还跟他是知心朋友。"

"知心吗？还是贴心？"我故作油滑地问张亮，并用很坏的眼神望着她。

"哎呀！"张亮边笑边皱起了眉头，嗔怒地拍了一下桌子说，"李乐，想不到你也这么不正经。"

"给我保密。"我只好正经起来说。

"不用了——因为——我也要调走啦。"张亮有点炫耀地说。

"什么？！"我差点站起来，叫道，"你也要走吗？去哪里？"

"去银行，我爸妈都觉得我更适合坐柜台。"张亮双手抱拳，手肘支在桌子上，做了个无奈状说。

"省城的银行吗？哪一家？"我眼前一亮。

"不是——，是咱们区的工商银行。"张亮笑着说，"我倒想去省城，爸妈能量不够呀。"

"唉。"我暗暗叹了一口气，问她，"什么时候走？"

"不确定，手续办妥就上班。我比你简单，原来上班往北走，现在往南就是了。"

第八章

我突然有点伤怀,想家的情绪油然而生。大概是映入我眼睛里的渐进秋天的苍凉景象过多了,以至于张亮端详着我,小心地问道:

"你怎么了?不舒服?"

"唉——,突然觉得像小时候刚开学时一样想家。你知道,那时候正是秋天里肃杀气氛刚刚开始的时候,天气变冷了,树叶开始落了,我却离开了家,去很远的地方上学。尤其是黄昏,太阳落山百鸟归巢的时候,情绪低落,想家想得真想哭……"我的眼神朦胧了,赶紧眨一眨,问张亮,

"你有过这种感觉吗?"

"没有。"张亮木呆呆地说,"我家一直离学校很近。只有上大学时想过家,不过跟上同学出去玩时就全忘了。"

我凝视着张亮,又似在对自己说:

"人的一生就像在背着铺盖不停地旅行,定居下来吧,不甘心就此油盐酱醋地活一辈子;继续向前走吧,走到哪里才算终点?做一个有追求的人,势必牺牲别人都能享受的安逸幸福呀,然而不追求,又觉得活得没意义……这信念不知牵引我去哪里……"

我一脸愁苦地念叨着,张亮出神地望着我。我把椅子拉近办公桌,撕下一页稿纸来,把胸中的感慨一挥而就,写成如下诗行:

我说走

我就跟着我走

如果我不走

我就推着我走

害怕每一个落脚点是终点

更害怕这一辈子老是打尖
等我不再走的时候
是我不再叫我走

不再走的时候
是不想再走
那就不走了
让心去走

张亮的视线一直跟着我的笔尖滑动,我写完了,"啪"的一声把笔扔到桌子上,把稿纸扭到她那一边。张亮一字一句地慢慢读完,用敬仰的眼神看着我说:

"李乐,你可真是个才子,我太羡慕你了!"

我微微一笑,觉得等的并不是她这句话。

"什么题目呢?"她问。

我拉过那页诗来,在顶头龙飞凤舞地写了两个大字:我走。

"啊?这就是题目?"

我点点头。

"打算发表到什么报刊上?"张亮又将纸拉过去端详着,问我。

"一点小感悟,不发了,送给你。"我表演似的说。

"送给我?"张亮一脸惊喜,笑着说,"太好了,这是我这辈子得到的最好的纪念品。"

纪念品?我心中咯噔一下,迷惘地望着这个喜不自胜的女孩子。

第九章

37

数个月没有音讯的鲁小曼突然打来电话,依然是笑嘻嘻地问:"想我了吗?"

我已经生疏了跟她玩这种游戏,而且潜意识中有意显示我与过去的不同,就冷漠地反问:

"嗯哼,你觉得呢?"

"有人给你介绍对象吗?"她答非所问地说。这种一成不变的句式和语气让我油然而生强烈的腻烦之心,但突然又想起那一夜我竟那样对待她的热情,心又像棉花糖一样软化了,无可奈何地说:"没有,我打算离开这里呀。"

"去哪里？北京？"她浑然不觉地开玩笑，但我必须认真地回答她：

"不是，是去省报。"

"咦——，别吹了，你跟我说这话是什么意思？"

我不由摇着头失望地笑了，鲁小曼毕竟是鲁小曼，治标不治本呀。但我控制不了渐渐恢复的对她情人般的依恋感，竟然用了略带撒娇的口气说："别小看人，你总不能正确认识我。"

"好好好，我相信。喂，你想不想见我？"

我还真有点想见她，唉，男人呀，总摆脱不了对某个女人母性般的依赖。要不是我对她对我的评价心里有气，或许我真会叫她马上来，但我却赌气地说：

"我最近很忙，假期过去我就要去省报上班，等我安定下来再给你打电话吧。"

"好吧，再见！"鲁小曼"啪"地扣了电话——她一直是个拿得起放得下的人。我记得我提到过，我对鲁小曼的私生活一无所知，但我一直有意避免着听到这方面的事情，唯恐使她在我心中的地位有所变轻。而此时，我几乎完全失望了，没被这个女人拖住后腿，真是万幸呀。

张亮忙着她调动的事情，整个假期（她可能利用这段时间跟上父母给相关的领导送礼去了）都不见她的人影。我既然送了她那首诗，就等于与她告过别了，——既然她都说出了"纪念品"这个词，那我就不再抱什么"非分"之想了。的确，"纪念品"这个词像王母娘娘的发簪一样在我们之间划出了一道不可逾越的天河，我们从此算"两清"了。这样也好，明明白白的朋友总比暧昧不清的感情叫人觉得痛快！

动身去省报的前一天黄昏，我洗澡回来，竟然在大门口碰见了郭芙。她穿一件紧身黑秋衣，裤子也很瘦，推着一辆红色坤车，在薄暮之下显得很瘦小，一副楚楚可怜的样子。我跟她打招呼，她不说话，望着我笑，那笑容里不见了往日玩世不恭的意味，多了很多凄凉的成分。——哦，或许她一直是伪装成一副对什么都不在意的样子的，这个小可怜。此时此景，我更有些难过涌上心头，对她说：

"小芙，我要调去省报了，明天就走。"

"哎呀，太好了，恭喜你！"她显出很惊喜的样子。

"你找我有事吗？上去坐一会儿吧。"

"没事没事，不去了……我要回宿舍去了，有很多衣服要洗。"她闪烁其词地说。

"上去坐一会儿吧。"我恳求她。

"真的不上去了，我要回去。"她掉转车头说，"你上去吧，我走了。"

"你来找我就为了见一面？或者来这个楼下转一转？"我依然不放弃努力，想在临走之前向她好好倾诉一番。

"我路过……"她低了头，喃喃地说。

"走吧……"我去拉她。

"干什么！"她轻轻地甩开我说，"你这个人可笑不可笑，我真的是路过。"

"唉——！"我重重地叹一口气，真是个古怪和难对付的姑娘，她为什么老要把自己伪装成这样呢？我强压心头涌上的烦闷，说："那好吧，我送你回去。"

"不用了，我一个人走快一点。"她似乎绝了情。

"不行，我送你回去。"我坚持道。

她不说话了，低头想了想，"扑哧"笑了，看了我一眼，推上车子转身就走。

我赶上去,和她并肩走。她似乎有点难为情,或者怕谁看见似的,低着头猛走,脸上忽而有笑容,忽而又沉了下去。

"你怎么了?有什么心事?"我皱着眉头问。

"没事,我能有什么事?"她转过头来,给我一个做作的笑脸,但脚步明显地轻快了,从从容容地走着,有点走台步的意思。

"你可真是个让人捉摸不透的人。"我由衷地说。——这三四年来我真有点受够她了。

她又让我看了一个极不自然的笑脸。

我们边走边有一搭没一搭地聊着,彼此都感到有点不和谐。走到她们公司门口的时候,她停下来问我:"跟你们领导辞职了吗?他们同意?"

"还没有辞,我跟他们说省报叫去帮一段时间忙。大概他们心里也明白,大家心照不宣罢了。"我双手插进兜里,尽量潇洒地说。

"你……去我宿舍坐一会儿吗?"她言不由衷地问。

"好吧,没别人吧?"我故意答应得很痛快。

她犹豫了一下,笑了笑说:

"可能没人,走吧。"

她的宿舍里挺干净,有两张大学宿舍里那样的高低床,其中一张的下铺没铺盖,放着一些灶具,看来自己也做饭。我坐在有床铺的那个下铺上,打量着这里的布置——我还从来没进来过呢,每次送她都只到公司门口。

"这就是我的床。"郭芙一边说一边弯腰从被子角落里拿出一个影集来,递给我说,"看看我的影集吧。"

我心不在焉地一边翻影集,一边装作很感兴趣的样子。影集这种东西,是用来转移人的注意力和掩饰初次来访者的尴尬的,如今我却捧着它看,看来我们之间一直很陌生呀。我本来想对她倾诉一番,此时却找不到感觉了。

就在这无聊的时候,门开了,一阵香风扑面而来。我一抬头,眼前不由一亮:好一个少见的妖娆的女孩子——个子不高,但体态优美风流,眉目流转之间好像电影里的"三姨太"。

"你就是李乐吧?"她逛动物园一样好奇地看着我说,"小芙经常提起你。"

"讨厌,谁说过他。"郭芙不高兴地白了她一眼。

"我叫罗小青,是郭芙的同事。"她伸出手来跟我握,我站起来礼貌地握住她的手。——她的手可真小,软软的像没有骨头。

罗小青很随便地坐下来,似乎要和我长谈的样子,而我也突然心情好起来了,笑着跟她说话。郭芙倒像个局外人,局促地站在一边玩一只小杯子。相比之下,郭芙像个不谙风情的小女孩,而据罗小青说,她跟郭芙是同岁。

我跟罗小青谈得很投机,一时间不但忘了张亮和鲁小曼,眼前的郭芙似乎也只是个盆景,虽然我怕冷落了郭芙,故意开了她几句玩笑,但效果却像嘲笑她似的。

我不由告诉了罗小青我要去省报的事。我如此管不住自己的炫耀之心——我又一次在功利和虚荣面前溃败了,这一次还捎带上了势利和卑鄙,以及见异思迁等罪状。

就在我得意扬扬、忘乎所以的时候,有人敲门,进来个高大英俊的小伙子,罗小青马上扑上去,撒娇地埋怨说:"怎么现在才来?!"

那小伙子恶意地盯了我一眼,抱住罗小青的肩头说:"走吧,电影快开演了。"罗小青扭过身来冲我动了动手指,娇媚地说:

"再见，大作家，有空再聊。好好陪陪我们小芙吧。"她意味深长地看了郭芙一眼，郭芙看也没看她，站在那里不动声色。

仿佛是一场美梦，突然间我发现空荡荡一无所有，连抬头看一眼郭芙的勇气都没有了。我怕郭芙会讥笑我，但她却静悄悄地不作声。

我稳了稳心神，让情绪高涨了一些，站起来走到郭芙身边，忏悔地说："小芙，明天我就要走了，想跟你说几句心里话。"

"有话就说吧，这么正经，像留遗言似的。"郭芙依然是那种隐含着讽刺意味的笑容。

"小芙……"我一把握住她柔弱的肩膀，一阵悲酸涌上心头。她推推我，没推动。我低沉地说："你知道吗？你是我目前为止唯一追求过的一位姑娘……可是，我没追上！"我不由苦笑起来。

"你追过我？"她惊奇地抬头望望我的眼睛，又低下头去，冷笑似的说，"你懂什么叫追求女孩子吗？"

"小芙，我一直想跟你解释，我懂，可是……怎么跟你说呢！"我急得心口直堵。

"唉——！"郭芙叹了一口气，慢慢地靠近我，把脸靠在我单薄的肩膀上。我赶快紧紧地拥住了她，害怕会失去这突如其来的幸福。

我们就那样拥抱着，像在演戏。我有点冲动，想去吻她几乎透明的耳朵，但我不敢，怕惊醒了她，突然又拒我于千里之外。

"咱们俩不合适，你不是我理想中的……"郭芙喃喃地说，她可真是少见的温柔，但说出来的话真够冰冷的。

"我知道，咱们性格和爱好都差得太远，还有人生观……"我闭上眼睛总结着。就在那一瞬间，我真的明白了我们之间不可调和的矛盾：她有高尚追求，却是个更看重有情调的多彩生活的人，而后者我不是不能给她，是我更看重前者。这中间，没有她的错，都是我的不通人情世故所造成的，而更重要的一点是：这样连流畅沟通都困难的人，她怎么能是我理想中的终身伴侣？

当郭芙送我出来的时候，理解和温情第一次洋溢在我们周围。但我没有留恋，我明白，两个志趣不同的人纵然有偶尔共鸣的地方，那一定也是暂时的，那微弱的火花在这样的傍晚，是经不起秋风的叹息吹拂的……

38

从郭芙那里回来的路上，我落了泪，我想是我把这个小姑娘害了。因为是我"绯闻"中的人物，她变成了人们心目中的名声不好的女子。在我和郭芙还有鲁小曼的三人游戏里，持好玩态度的是郭芙，而唯一的受害者也是她，——我和鲁小曼最后才暴露出"大玩家"的真面目。我为我和郭芙的有情无缘而落泪，更为对她深深的愧疚而落泪。

走进杂志社的大门时，上楼梯时，走在楼道里时，我都在伤情地回忆郭芙曾在这一处处留下的音容笑貌，——也可能是即将的告别让我敏感而脆弱，不由触物伤情起来。路过第4室，听见里面闹哄哄有很多人，要在往常，我不会进去浪费时间，但今天不同，我就要离开这里了，应该与即将成为故人的人们冰释一切恩怨情仇，跟他们共度这一个最后的晚上。我调整了一下自己的情绪，走进了这个欢声笑语灯火通明的场所。

"哎呀隐士，今天有空儿了？"申公豹叫道。——他们已经不叫我"情圣"了，改了一个雅号。

我尽量和善地笑笑，找了把椅子坐下来，感到有个东西在我眼角的余光里发亮，扭头一看，竟然是张亮。

"张亮？手续办完了吗？"我问她，态度平静而彬彬有礼。

"嗯，快了吧。"她似乎心不在焉地回答。

屋里原有的人除了张亮，还有三对：罗成和他女朋友，申公豹和他未婚妻，还有女记者小董两口子。张亮置身其中，形只影单，明显的不太和谐，但她人缘极好，跟大家谈得很投机。那种和谐而热烈的气氛，我一进来就被感化了，仿佛一勺白糖溶化进了一杯白开水。我跟他们说说笑笑，十分投机，除了张亮，没人知道我要走的事情，这让我有种旁观者的优越感和从容不迫。大约9点钟，张亮要回去，罗成马上大叫道："李乐，送你搭档回去。"小董也看了我和张亮一眼，意味深长地说："李乐，护花使者的干活。"而我和张亮却很客气地对望一眼，张亮笑道："不用了不用了，人家李乐时间宝贵，我一个人走就行。"我倒很想送她，可是找不到一个合适的理由，再说上次月下送她路过那个中学操场的阴影还笼罩着我，我不由自惭形秽。

就在这时，突然停电了。一片漆黑中，罗成学了两声狼叫，招来女朋友一声娇叱。申公豹说："别慌别慌，看老夫给你们找蜡烛。"他在黑暗中"叮叮咣咣"地拉了一通抽屉，然后大叫一声："罗成，掌灯！"罗成"嚓"地打亮打火机，申公豹把两支蜡烛凑上去点着。这俩小子坏水多是多，干个什么事儿却总配合得很默契，牛头马面似的好搭档。申公豹的未婚妻夺下一只蜡烛骂道：

"你要死呀，点两支蜡烛，这又不是灵堂！"

嘻嘻哈哈当中，昏黄的烛光照得每个人的脸明暗有致，俊男靓女们准备重新开始烛光晚会，我却陷入黑暗里出不来，情绪低落起来了。

"哎，张亮呢？"小董叫了一声。大家拨愣了半天脑袋，果然不见张亮了。

"张亮——？"女人们几乎异口同声地喊。

"别喊了，一定是趁刚才人乱一个人下楼了。"申公豹说，然后他拍拍我的肩膀问，"咦，你没去送呀？你看你怎么这么不懂女人的心，还情圣呢！"

剩下那几位也帮腔说："你快去看看吧，她一个人黑洞洞别摔着。"他们——尤其是她们看我那眼神，好像我是张亮什么人似的。在这种氛围下，我突然也觉得自己应该为张亮负责任了，于是我顺水推舟地跑出了屋子。

楼道里黑咕隆咚，我摸索着下了楼梯，刚走出楼门，有人叫我：

"李乐儿！"

不用看就知道是谁，只有张亮在我的名字后面加个儿化音。我直觉她是在等我，于是就没问什么，直接说："走吧。"张亮也不再说推辞的话，我们并肩向大门外走去。美中不足的是，只要一并行，我们两个几乎同时就会感到一种不自在，我看了看夜空，该死，月亮刚好升起来。

还是上次我去她家的那条路，一踏上那个月光下的操场，我就加快了脚步，想摆脱那种让人不舒服的"对比"。张亮的步子也很快，并且她没有像上次一样笑着用躲躲闪闪的目光看我，我想她一定觉察到我们之间越来越正常的朋友关系了，说白了，这次走过操场的感觉就比上次平淡多了。就要走出操场了，我们进入了操场边缘一座楼房巨大的阴影里。

"李乐儿……"张亮突然站住了，面向我，似乎有话要说。——她的个子可真高,我仰望着她。不等我反应过来,她又莫名其妙地说了一句:"你以后叫我姐姐吧。"然后在黑暗中恬静地微笑。

我望着她,她的眼睛在黑暗里与天上的星星混在一起,让我捉摸不透。

我用开玩笑的口吻说:

"胡说八道,我明明比你大一岁,怎么能叫你姐?!"

"你看你不是长得小嘛!"张亮有点着急地说,她笑了一下,又板起脸说,"你要是比我长得高,我早就……"

我哈哈大笑,接着她的话说:"你早叫我哥了吧?比你矮你该叫也得叫呀。"

张亮却不笑,神色有点黯然,但突然间又变得很急躁,发恨似的说:"咱俩要不是差得太多,我……"

我凝视着她,感到灵犀之中有风在微微吹拂,我突然间失语了。张亮看看别处,用一种深情又无奈的虚弱口气说:"李乐儿,明天你就走呀,我才忍不住要告诉你……要不是咱俩个子差得太多,我一定非你不嫁。"

我一定是懵了,或者在突如其来的巨大的幸福和遗憾夹击下精神失常了;只会一下又一下地傻笑。张亮怜爱地看着我,语气空前温柔地说:

"你是我唯一欣赏过的男人。"

"算了算了。"我说,也不知道要表达什么意思。

等我清醒过来,张亮已经走出这座学校的大门了。我赶紧追出去,像一个缠着妈妈耍赖的孩子一样跟在她后面只管走。

"你回去吧,我到了。"张亮又站下来,看也不看我地说。

我说:"我送你到楼下。"

"这不已经到楼下了？！"张亮忍俊不禁。

"哦，我上去跟阿姨打个招呼。"我耍赖。

"不行不行，我妈不在家。"张亮推我。

"亮，你和谁在下面？李乐吗？"张亮家阳台厨房上的灯亮了，她妈打开窗户问。

"不是不是，是我一个同学，他马上就走呀。"

"叫人家上来坐坐。"张亮妈探出脑袋来热情地说。

张亮一把把我拉进单元门的黑暗中，吓唬我：

"你再不回去，我，我回去呀。"

"张亮……"我有点清醒了，说，"我走。"

"李乐儿……"张亮又小声叫住我，把手放在我头上，黑暗中看不见她的表情，只听见一个沙哑的声音说：

"你叫我姐吧，现在就叫。"

"不！"我说，"你叫我哥。"

"不叫拉倒！"她嘴上这么说，却把手掌滑到了我的后脑勺上，微微用力把我的脑袋往她怀里拉近，然后我感到她弯下腰来，以至于我都能闻到她的淡淡的唇膏味儿了。——呀呀呀，她要吻我！

我把脸往前送，同时张开手臂准备配合动作，就在我感到嘴唇将要贴上她的嘴唇的时候，有几根滑腻腻的手指触到了我的脸颊，在那里轻轻地摸了一下，然后，一切都消失了。

我使劲地睁大眼睛，但除了黑暗，别无所有。

39

　　在强烈的感激之外，我对张亮很失望——虽然她的爱对我来说是那么巨大的意外收获；我也从未敢奢望拥有她的全部——但我还是很失望，她是那么纯洁和善良，因而不幸沾染上的那点世俗更显得刺眼，况且，那本不属于她的近乎卑劣的思想观念对这个脆弱的安琪儿的作用又何其巨大。她的纯洁的品性没有成为她的坚强，反而造成了她的脆弱，因此在她的父母都能接受我的情况下，而她却不能。但我并不责怪她，在人性面前，我又何尝不是如此软弱。甚至我曾将恶的人性进行扩大，设下圈套来捉弄别人，以满足那种怪异的心理需求。——那个不幸的受害者就是鲁小曼。

　　那次失败的幽会之后，我知道鲁小曼不会再来找我了，她确实也仅仅打来过两次电话，第一次前面已经说过，她表示了对我的走出去的不信任；第二次她对上次电话里的态度表示了道歉，并告诉我她也想去省城打工。我明白这或许是她真实的想法，但也不过出于对新型职业者中的白领生活方式的羡慕，她并不是个真正有上进心的人，况且她的语气里也有暗示将和我相伴去省城发展的意思，意在探知她在我心目中的地位。这一切，你知道，简直可以称为她的惯用伎俩，而且我已经彻底厌倦了，就应付了她两句，说我很忙，挂断了电话。那之后，她又像沉入大海的石子，没有音讯了。

　　在确定鲁小曼从此由情人变成陌路后，我忍不住开始搜检这四年来的记忆，回忆着是否曾做过什么对不起她的事情，如果没有，在我离开这里的时候，就会少一份对一个人的愧疚。当我就要告诉自己没有的时候，一九九七年初冬的一件事浮上脑际，让我的心暗暗地收缩了一下。也正因为有过那么一件事，相比之下，我才无法对张亮对世俗的屈从形成指责。

那个初冬的下午，我回家看望双亲后回到单位，走进办公室，看到有个漂亮小伙子坐在我办公桌后。我把包放在沙发上，刚想问他找谁。帅小伙已经站起来了——好风流的体态，一身蓝西装，白衬衫外罩浅灰色羊毛衫——恭恭敬敬地弯下腰笑容可掬地问我："您是李乐老师吧？终于见到您本人啦！您文章写得可真绝了，我们都视您为偶像……"我觉得这么一个体面的大小伙子一副奴才相地溜须拍马实在不雅，就打断他问：

"你是谁？"

"哎呀，忘记介绍了，我是工大的，来杂志社实习。我叫张生，你叫我小张就行。"他依然像个对皇上讲话的太监，让我觉得有点可怜。

原来是个实习生，一定又是个文学青年，我尽量放下过来人的架子，很随便地跟他寒暄了几句，走到我的办公桌前收拾那些乱七八糟的报纸。这段时间里他几乎像个影子一样围着我转，最后又戳在我面前，执着地保持他恭敬的笑脸。我有点好笑，打手势叫他坐下来说话。我想待会儿混熟了，就知道他是个什么样的人了。果然，我们相约吃过晚饭后，张生就开始夸夸其谈起来，一扫几小时前的谦卑，很有一点狂气——这几乎是文学青年的共性——但他一直不敢对我的作品进行指摘，毕竟他对文学还停留在爱好者的水平，况且我也不是个很宽容的人，一直用优势压着他。这样一个标致小小伙对我俯首帖耳，很让我这个先天不足的家伙感到一种报复般的快感。

我很希望小张知趣地早早回家，别耽搁我的写作，这家伙却说他家离杂志社不远，晚点回去没事，要多向我讨教一会儿。我不是个好为人师者，但有个开化别人平庸思想的坏毛病，于是就和他侃侃而谈。两个小时在我的演说和小张的点头中过去了，他还没走的意思，我只好不再谈文学，而是跟他闲聊起来，希望他能明白我的意思。但这家伙突然像发现丢了一万块钱似的大叫一声，同时表情夸张地对我说：

　　"哎呀，怎么给忘了，李老师，今天上午你女朋友来找过你，等不到你，她就走了。"

　　"我女朋友？"我尽量平静地反问，同时脑子里晃过好几个人的影像。

　　"对对，短发，大眼睛，很漂亮，你可真有眼光……"

　　"鲁小曼？"我脱口而出。

　　"是的是的，她说她在邮电局工作。"

　　"哼哼，"我意味深长地笑笑，问张生，"她说有什么事吗？"

　　"没有，她让你回来给她去个电话。"

　　我望着英俊潇洒的小张，突然想到如果我长他那样，跟鲁小曼倒是天生一对呀。几乎就在同时，我脑子里电光火石般闪过一个念头，对，利用小张考验一下鲁小曼，看她是不是个水性杨花见异思迁的女子，更关键的，打探一下我在她心目中的地位究竟如何。这个卑鄙的主意让我莫名兴奋，我装出一副哥们义气的样子对张生说："小张，帮我个忙吧？"

　　"你说吧，只要我能做到。"张生比我还义气。

　　"嗯……"我装作为难又豁出去神态说，"这个鲁小曼是我的两个女朋友之一，我对她对感情的态度缺乏了解，所以才脚踩两条船，我一直想试探她一下，然后做出最终和谁谈恋爱的决定。我想……"

"你想让我试探她？"张生心领神会地笑了。

"对，是这个意思。"我没想到张生这么机敏，看来这小帅哥对男女之间的事情了如指掌。我笑了起来，问他："你知道怎么做吗？"

"我用免提给她打个电话，你坐在旁边听着？"张生像个心有灵犀的老朋友似的笑着说。

"太对了，你告诉她我还没回来，然后就说你对她一见钟情，看她怎么反应。"我的恶毒阴险把自己都吓着了，但那种恶作剧心态产生的强烈快感让我欲罢不能。

张生像个搞恶作剧的孩子一样兴奋起来了，他开玩笑说让我千万挺住，因为他的绰号叫作"大众情人"，具有挡不住的风情。我虚伪地说如果他能证明鲁小曼会变心，正好去了我的一块心病，算是解救了我了。于是我们就狼狈为奸地做好了一切准备，把门反锁上后，张生坐在我的办公桌后用免提打电话，我则躺到沙发上准备舒舒服服地旁听。

听到电话拨通的声音，我受冷似的轻微战栗起来。

"喂，哪位？"鲁小曼总是很注意她的对外形象，哪怕接个电话。

张生含笑看了我一眼，我冲他点点头，然后他就用好听的男中音讲起了字正腔圆的普通话：

"喂，是鲁小曼吧，我是张生。"

"张生？"

"对，今天上午你来杂志社找李乐时咱们聊过一会儿的，忘了？"

"哦，是你呀，有事吗？"鲁小曼用柔媚的声音试探着问，她对张生的意思一定有了猜测。

"没什么事，想跟你交个朋友，打听了一下午才查到你的电话。"

"嘻嘻，交朋友？有那个必要吗？"能听出鲁小曼压抑不住的喜悦，我的猜测终于肯定了。

"唉，不知怎么的，见了你一次就忘不了你……你不会怪我轻浮吧？"张生调起情来真在行！

"这是很正常的事情呀……李乐呢？他回来了吗？"

"没呢，可能到明天了吧。你很在乎他吗？"张生望向我。

"说不上吧，一般朋友。"鲁小曼可真绝情，一点面子也不给。

"一般朋友？"张生显然被吓了一跳，瞪大眼睛望着我，继续说，"你不是说你是他的女朋友吗？"

"女性朋友呀，你可真笨！"鲁小曼的声音轻佻起来，但还能听出来有点难为情。——唉，难得她还有点磨不开，我真该感激不尽了。

"小曼，你觉得我怎么样？"张生进入了角色。

"你？"鲁小曼故作纯情地停顿了一下说，"不了解你，但你看上去很帅气，我记得你穿一身蓝西装，个子很高，皮肤白净，眉清目秀的，真是个美、美男子……"

"嘿嘿，"张生得意地坏笑起来，他已经忘记了我的存在，全身心投入调情当中了。

"小曼，我觉得你也很漂亮，而且气质高雅，很有成熟女性的美感，咱们有可能成为朋友吗？"

"你说呢?"鲁小曼已经欣喜不已了!——也难怪,她一直在寻找一个欣赏她又高大体面的男人。

我终于听不下去了,站起来轻手轻脚地走到办公桌前,在一张稿纸上写了一句话:

我去打开门,假装刚回来,听听她的反应。

我把纸条推到张生面前,他扫了一眼,又跟鲁小曼甜言蜜语起来。我有点气恼地拍了拍他的肩膀,他这才冲我使劲点点头。

我就像个中了邪的人一样溜到门口去,用力打开门,又把我的包提起来"嗵"地扔到沙发上,然后大声问:

"你找谁……"

鲁小曼马上没了声音。张生又装模作样地对我作了一番自我介绍。我大声说:"你打电话?打吧,我先去个洗手间。"然后我走到楼道里,大声地唱着歌,造成一个越走越远的效果。走到第4室门口,我转回身来,高抬脚轻落步地返回来,站到张生背后。张生扭回头对我笑笑,俯在电话上压低声音说:

"小曼,他回来了,李乐,你听到了吗?"

过了老半天,鲁小曼才支支吾吾地说:"回来就回来了,关他什么事……不过,还是先挂了电话吧,以后再联系。"

"为什么,这么说他对你还是很重要了?"张生问道,他斜眼看着我笑,对我挑挑大指——小伙子误会了,他以为鲁小曼还是把我看成第一位的。鲁小曼却不允许误解的存在,她用冷酷的声音回答:

"不是,我只是不想让别人以为我是个随便的人,尤其是李乐这样比较熟的朋友。"

然后她连个再见也没说就挂了电话。

张生瞪大了眼睛看着我,他一定还在坚信那种给我面子的想法。我虚伪地笑一笑,没对他做任何解释。我不想让张生知道我的失落,他这样的帅哥总是认为女孩子很简单的,只有我这样让女孩子觉得遗憾的人,才能洞悉她们缜密的心思。就是从那时候,我的内心种下了对鲁小曼的极端不信任,一方面因为她的庸俗,一方面因为我的嫉恨。但我又怎么能怪她,她那样思想境界的人,当然受那样思想的支配,况且对于一心憧憬过好日子的她来说,这个"美男计"实在太残酷了!作为伤害别人的人,我还能对被害者指责什么呢?!

好在后来鲁小曼也没再提到这件事情,她一定也感觉有点惭愧,不敢透露出一点消息。我的内疚就稍稍减轻了些。这件事情的实际作用是让我最终对鲁小曼死了心,这对我来说是件决定性的大事情。我为我在这个圈套中扮演的角色感到不光彩,但因为过于注重它的实际效果,而没有对自己的行为做过及时深入的反思。直到张亮让我看到世俗的可怕力量后,我才想到是不是人性在作怪,并且联想到我导演的那件不光彩的闹剧。这两件事情既然都已没有实际意义,我也不肯让它们仅仅发生过就完,我硬是从中得出了一些对人性的认识,以此来丰富我的头脑,加深对世界和自身的认识,为我的事业发展服务。关于从那两件事所得的认识,我在送张亮回来的那天晚上的日记中写了这么一段话:

> 人的许多不好的性质,诸如虚伪、虚荣、狡诈、善变等等,并非出自原始的本性,而是在社会发展和人际交往中互相传染,一点一点滚成一个大雪球的,它非但不能证明人性是本恶的,而且恰恰是人的好学、适应能力强等良

性所造成和推动的结果。——于是，就在文明发展中出现了比贪婪、凶残、嫉妒等原始根性更为复杂的人性，这些东西一刻不停地长大、裂变、丰富着，也恶化着人性。有多少伟大的著作都是以揭露文明恶性而产生的，——但它们却更使人们从艺术中学到了恶的东西，而这些恶性原本是人性中所没有的。

但是，当写这篇小说时我才发现，所谓的认识，不过是对我和张亮的行为的辩解。我可以把错误的根源推到社会身上，甚至推到我曾经视为神圣的伟大的文学作品身上，却无法获得我所失去的。由此，我第一次对事业和爱情之于人生的价值开始了平等的比较和思考：在这有限的一生中，事业和爱情，哪一个才是对我最重要的呢？

如果我不能回答自己，别人更不能回答我。

40

直到很久以后，我依然对张亮心存感激：在我离开的前一刻，是她给了我一个巨大的信心：我还是能得到漂亮的女孩子的真爱的——除了我作为一个男人唯一缺乏自信的一方面。我说过，我是理解张亮的，她的纯洁使她排斥一切丑恶，她甚至于对一切丑恶都是无知的，也正是这种纯洁，使她惧怕于一切不和谐！她对不和谐像对丑恶一样自然排斥，让她接受她所排斥的东西，这种连上帝都没有想过去做的事情，我怎能奢望和抱怨？

我是幸运的，有谁被他心目中的天使爱上过？虽然我没得到人，但我看到了爱，得到了一个信心，这已经大大地超出我的期盼了——甚至我从没敢期盼过什么——这是多么意外的恩宠呀。从此以后，我对天使的存在深信不疑，更对自己的能力深信不疑，那道来自天国的爱的亮光，必将照亮我的一生！

　　然而，我也清楚，这爱是不能存在于人间的，最起码它不以人为载体。像张亮那样地爱我，也没有让这爱在人间存在下去，世上还会有什么样的爱比天使之爱更加真纯？爱是存在的，但它为人性所排斥，作为人的张亮，无法让那天使的爱在人间存活，它照亮了我的灵魂，同时抛弃了那灵魂依附的全部——作为人的我。我之所以没有疯狂地去追求那天使之爱的降临一生，是我看到了人性的不可逾越，或者说，拥有怯懦人性的我，不敢去做疯子般的狂想，我的人性局限甚至使我不足以想到有必要去做这种努力。到省报工作的这两年来，我看遍了现实生活与艺术作品中形形色色的恩恩爱爱、悲欢离合，有美好，有感伤，有愤慨，有惋惜，但我从来不感到惊奇，因为我从没看见过爱摆脱过人性的左右，那虚伪、狡诈、贪欲、妒忌、怯懦、狂妄等等，将一切本该美丽的东西的美丽残酷剥夺，却并没有人为爱的被亵渎而忏悔。

　　——肉欲、慰藉、自欺、施舍……一切都在以爱的名义将爱取代。

　　——而爱呢？

　　我无法也不敢标榜自己的超脱和高尚，但我炫耀于自己的忏悔；我承认我像所有人一样将爱情视为工具，我利用了它，并沉迷于它所给予的所有心理和生理上的享受，甚至曾为这些窃喜。我唯一可以让自己平静的，是我没有隐瞒什么——如果我不曾忽略什么的话。所以假如总结我那段相对年轻时期的感情，我敢于像卢梭在

第九章

《忏悔录》里那样说：

> 虽然我的血液里几乎生来就燃烧着肉欲的烈火，但直到最冷静、最迟熟的素质都发达起来的年龄，我始终是守身如玉地保持住纯洁。

需要进一步忏悔的是：我之所以能够"守身如玉地保持住纯洁"，并不是因为对人性压迫下的爱情的厌恶和拒绝，——相反，我很愿意沉迷于世俗的幸福之中，只是因为我有理想，并且我看到世俗的幸福可能扼杀我的理想，因此我才不得不拒绝。现在想来，一生中与哪一个人结合，真的决定了一生的道路，以我为例：假如与鲁小曼、香灵结合，我可能会早早结婚生子，为了小家庭埋头苦干，然后乐享天伦过一辈子，用一生的时间和精力去追求物质富裕、追求社会地位，说白了就是削尖了脑袋追求升官发财；假如与郭芙恋爱，她能否支持我的事业和发展？她会实际地为我的事业支持到底吗？——她何尝真正理解过我的追求？那么，张亮呢？当她所敬仰的这个爱人却是具有她无法接受的不和谐时，她会感到幸福快乐吗？

正因为上述的顾忌，我才能够拒绝和放弃，我真诚地忏悔，实际上是无可奈何的结果造成的，——我将冥冥之中的主宰与自己的意志混为一谈了。但愿，这是我的终极忏悔。

我亲爱的读者，如果您仍然不能透彻理解，请随我去本书的尾声里，看一看我曾经的"情人"们，她们现在的生活是怎么样的……

尾　声

41

　　可敬的读者，现在我已经搁了笔，准备穿上我的外套，带着我对您的承诺下楼，坐环行车再转长途车去故地打听一下故人的近况，我也很想知道她们现在正在做什么，或者已经开始了什么样的生活。我站起来，推开我的椅子，尚未来得及转身，有人敲门。可真是时候！

　　"请进。"我又坐下来边锁抽屉边说。

　　门开了，有个女人的脚步声响过来，径直坐到了我对面的办公桌前。我一抬头，看见她正望着我笑，——多么熟悉的笑容啊。

　　"小曼？你怎么来了？"我意外地问。

她依然望着我只是笑,那笑容里看不出思念,还是那种希望博得一切男人欣赏的神情。她的形象几乎一如从前,甚至留起了披肩长发,也没给我多少新奇之感,包括穿着打扮。而我对她的感觉也是从未有过的平淡。

出于对她的目的习惯性迎合,我用调情的坏笑望着她。看得出,这一次她并没有感到满足,而是多少有点失落。

"想不到我来吧?"鲁小曼反问,笑容依旧。

"我知道有一天你肯定会来的。"我并非撒谎地说,"你会来看看我到底是不是混出了人样儿。"或许我的话有点绝情和冷酷,她按惯例收敛了笑容,冷冰冰地说:

"我不是专门来找你的。"

这点我很清楚,专门来看我就不是鲁小曼了。我不在意地笑着问:

"你来干什么,拍结婚照吗?"——我想她也该结婚了,她如今快三十岁了吧。

"差不多吧。"她的脸色渐渐缓和,但依然平淡地说,"我和我未婚夫来买摩托车,日本的,雅马哈,踏板的。"

"啊,恭喜你了,你终于有了一辆雅马哈摩托车了。"我掩饰住因旧情生发的一点点醋意,讥讽地说。

"什么呢!是给他自己买的。"鲁小曼明显地黯然了一下,又自我安慰地说,"他说了,结了婚就给我买,目前他急需一辆上下班用。"

我想再说几句挖苦的话,忍住了,觉得没必要,问她:"你未婚夫呢?"

"在楼下等着呢。"鲁小曼骄傲地扬了扬眉说,"我不让他上来影响咱们谈话。"

"你一个人上来他放心？"我意味深长地望着鲁小曼问。

"嗤——"她不屑地咧了咧嘴说，"就你？他还是有自信心的。而且……"她自我安慰地说，"他是个心胸宽广的人，不会随便疑心她的爱人。"

我的脸倒有些微微发烧了。

但是，她却没能自负到底，这时又做出一副推心置腹的样子来对我说："你别笑话我，我未婚夫就是你们杂志社的发行部主任，你以前的同事……"她停顿了一下，盯住我问，"他这个人怎么样？"

"刘邦？那个刘大胖？"我吃惊地叫道。

"嘿嘿嘿……"鲁小曼忍俊不禁，自己先笑了，她掩饰地把头低下去，又坚强地抬起头来问我，"怎么样？你觉得他配得上我吗？他人靠得住吗？"

我不便说人闲话，就正色回绝了，但尽量在神色中流露出一点不屑的意思。

"听你的口气他这个人不怎么样？"鲁小曼定定地望着我，黑色的眸子流露出万种风情和一种暗示，她继续说，"我听你一句话，你说不行，我马上跟他退婚。"

我胸中一热，但马上又理智地镇定下来，我说了刘大胖几句好听的，最后开玩笑说：

"刘邦唯一让大家看不顺眼的地方就是——大家都觉得他身上像披着两扇猪肉。"

"哈哈哈……"鲁小曼笑得花枝乱颤，仿佛被开玩笑的是个与她毫不相关的人——我不由可怜起刘大胖来：唉，碰上这样的女人！

笑完了，鲁小曼身上余颤未了地问我："你知道我为什么答应嫁给刘邦吗？"

我探究地望着她，这可是我感兴趣的问题。

"刘邦说，我是世界上最与众不同的女人，所以他要用最与众不同的方式娶我！"鲁小曼遐想万千地说。

我不忍心用大笑来打击她，就平淡地问道："什么样的与众不同的方式？"

"你这人真没意思。"鲁小曼无趣地白了我一眼。她的神色总是动不动就黯然了，仿佛硬撑着什么在脸上似的。这个不甘心的女人又羞涩不已地问我："你呢，有对象了吗？"

"事业有成了再说吧，我不想让她跟上我吃苦受累。"我标榜着自己说。

"切！"鲁小曼厌恶地扭过了头。

我坚守着自己的优越地位。

"小芙最近没跟你联系？"鲁小曼注视着我。

我摇摇头，表示对过去已不必再提起。

"你要说说她，她越来越不像话了！"鲁小曼皱起眉头，心情恶劣地说，"我有个同事看见她跟一个当兵的在一个立交桥下亲嘴，我问她，她死活不承认！"

"噢，郭芙！"我心头一颤，感觉被人刺中了伤口，我总觉得，她的一切不幸都应该由我负责，但我只能装作不在意地说，"你太多心了，跟当兵的就不能谈恋爱？"

"不是！"鲁小曼依然伤透脑筋地叫道，"还有人看见她坐上一个小经理的车到处乱跑……真是气死我了！"鲁小曼有点歇斯底里。

虽然我见过不少次鲁小曼如此恶劣的情绪，但依然很受触动：毕竟她是郭芙的小姨，比我这个局外人要真心爱郭芙。

我沉默了,头向上仰去,同时垂下眼睑,心情黯然。

"你们断了吗?"鲁小曼直愣愣地问。

"什么断了?我们的关系你还不清楚?"我有点吃惊地问。

"你们、你们不是谈恋爱吗?你不是说过对她是真心的,对我是应付吗?"鲁小曼低下头去,用低微但坚硬的口气说。

"开玩笑!她跟你一样,都是我的好朋友。"我故作轻松地挥挥手,但几乎同时又失去了支撑似的软下来,嘟囔着说,"由她吧,我无能为力……"

过了好久,我都不敢抬头去迎接鲁小曼的目光。她却好像干干净净地忘了这个话题,口气欢快地说:"你们编辑部原来那个张亮,她明天结婚,有没有给你下请柬?"

"哦!"我又是一颤,但又觉得没什么可吃惊的,就神色平静地撒了一个谎说,"她打电话通知我了,我明天就回去参加她的婚宴。"

鲁小曼却用如火般的眼神望着我。我对她轻松地笑一笑。

"好吧,我该走了,他一定等急了。"鲁小曼略带羞涩地说,站起来整理着衣服。

"我送你。"我站起来,自觉风度翩翩地打了个手势。

我走过去给鲁小曼拉开门,她迈出去一只脚,又发现了新大陆似的缩回来,瞪大眼睛仰望着我的头顶,好久回不过神来。

"怎么了?"我明知故问。

"你,你……"她突然又低下头去看我的鞋,问道,"你穿的高跟鞋?"

"没有呀。"我依然装糊涂,提起裤角让她看我的脚上的平底皮鞋。

"你怎么长高啦?!"鲁小曼再次瞪大眼睛叫道,同时凑上来和我比个子。虽然她极力地抬头挺胸伸长着身体,并且穿着高跟鞋,但她还是没我高。最后她张大了嘴巴,同时看外星人一样端详着我,眼中柔情蜜意渐渐涌现。

"你真帅！你怎么真长高了！有一米七七吧？"她几乎要贴到我身上来了。

我露出一个三浦友和似的真诚帅气的笑容,轻轻扶了一下她已略带僵硬的腰肢说:"大惊小怪,二十三蹿一蹿,二十五补一补,我就不能补一补了？再说,一个人的个子高低有那么重要吗？"然后我稍稍用力推她往外走。

我自然而有风度地把她送到楼梯口,挥挥手说:"还是不送你下去了,我跟刘大胖没话说。"

她迈下一级楼梯,恋恋不舍地转回头来,依旧在打量着我,眼中闪耀着少见的纯情亮光,小声问:"我们还有机会吗？"

"有有有。"我装傻地说,"有的是机会见面,你下次照结婚照时再来看我吧。"

鲁小曼半是柔情半是凄婉地笑了一下,一步三回头地下楼去了。

"啊——"我长舒了一口气,一种快意夹杂着感伤掠过心头。

42

这不是做梦,我真的长高了。从离开杂志社开始,在新的环境里,两年时间我几乎长了二十厘米,从一个一米五五的侏儒奇迹般地蹿到了一米七五。在这件事情的发生过程中,我当然比谁都感受强烈，我狂喜不已、战战兢兢地感受着它的变化，仿佛由我的意志控制着似的。当它停止后，我意识到自己已经足够高成一个男子汉的时候，反而平静下来了，像一个费劲心力想发财的人最后成了富翁，就把发财当作一件理所当然的事情了，况且，我说过我不在乎世俗的标尺的，我只是不想一直生活在它的阴影里。

我不知道是自己发育迟缓，还是环境和心态的改变使我的生理得到了调整，我最愿意相信的是自己在潜意识里弥补在张亮眼里的不足，是对爱的渴望使我的身体发生了奇迹。亲爱的读者朋友，我不想就此再做过多俗不可耐的表述，但我不得不承认，想到明天就要一表人才风度翩翩地出现在我心中曾经的天使——张亮——的婚宴上，想到她看到我那让她保留了爱情的缺点不复存在，她会是什么心情和表情，我感到空前的自得和心满意足，——不得不承认，有时候世俗的满足比精神的愉悦更贴近人本身。

现在，让我们耐心地等待，看看明天将会发生些什么吧。

……

第二天早晨，我早早赶到了张亮举行婚宴的酒店——我没怎么打听就找到了巨象大酒家，因为它是南郊最好的酒家，几乎每天都在举办婚宴。

我们的新娘新郎还没有到，亲朋好友们有些在张罗，大多数在嗑瓜子打扑克。

跟我预料得不错，香灵作为最好的朋友在那里指挥人家布置场景。她几乎第一眼就看见了刚进门的我。

"呀，你可真漂亮！"她把我拉到一个没人的房间，仰头热切地望着我。我笑一笑，心不知为什么狂跳起来。然后香灵一跳，勾住了我的脖子，同时狠狠地吻住了我，一阵热烘烘的香气包围了我。我用手托住她，情不自禁地把手往她衣服里伸去——不可否认这两年来我学坏了不少——她快乐地扭动了一下，但是我悬崖勒马了。

她吻尽兴了，站到地上，定定地望着我，嘴唇湿润如花瓣，小鼻翼一扇一扇，像是还要行动。

"撩起衣服来让我看看长大了没有？"我逗她，不带一点怀旧情绪，只是觉得见过了再见一次也没什么。

她翻了我一眼，利索地撩起了上衣，一只手用衣服盖着头和脸，另一只手把胸罩拉了上去。

老天！那道白光刚一闪，我就闭上了眼睛，大笑道："哎哎哎，来真的？！"

她似乎在等着我的行动，衣服包着头像个美丽的大蘑菇。十几秒钟后，她露出脑袋，平静地整理好衣服，笑一笑，又投入了我的怀抱。

"怎么样，这两年？"我快活地问道。

她把头紧紧地贴在我的胸膛上，低低地说："我挺过来了。你信吗？我消沉了半年多，差一点自杀。不信你问张亮去，她差点为我打抱不平呢。"

我太相信了，像香灵这样用行动说话的女孩是不屑于说谎的，但我还是想不到她会如此看重我和我们之间的感情，不无诧异地问道："为了我？"

"废话！"她轻松地抬头白了我一眼，在我新刮过的下巴上吻了一下，然后像刚见面似的大叫，"呀，你怎么变得这么高大？我第一眼差点认不出你来！"

几分钟后，我们坐到将要举行婚宴的大厅的一个角落里。

"结婚了吗？"我问她。

"快了，你呢？有对象了吗？"她快活（为了再次见到我）地反问。

我笑一笑，未置可否，——在她面前我那些标榜自己的话难以出口，她太了解我的实力了。

婚宴开始了，香灵不得不去忙碌，我则转移到张亮的长辈们的桌子上去跟他们聊天，——我带给他们的惊异就不必说了！我望着玻璃门外穿着红旗袍的张亮和她西装革履头发又光又滑的新郎忙着迎接客人——待会儿见了面，她会是什么表情，第一句话说什么呢？

"亮死活愿意他……"张亮妈满脸忧色地说。

"别说了，都这时候了。"张亮爸制止了妻子的哀怨，一边弹着烟灰，一边出神地注视着烟头，低声对我说，"那个人不错，就是个二婚……"

"这有什么？幸福才是最重要的。"我宽解二老，但这句话显然是随口说出的，根本没经过脑子。

"一会儿要交换礼物，看看亮的东西在不在包里。"张亮妈对张亮姥姥说。

老太太颤巍巍地打开一只粉红色的小手袋——啊，多熟悉的手袋呀——我不由自主地跟着大家一起注视着老太太把枯枝似的手指伸进手袋里去。

"在呢。"老太太拿出一个小红盒子来给大家看了看，又放出去。在拉上拉链之前，她又把手指在手袋里拨拉了几下，一边说道："亮亮这丫头倔死牛，这么个不吉利的东西，叫她扔了，她死活不肯。"一边用手指抖抖地夹出了一张黑色的佰元"人民币"。

——哦！我不由自主地咬紧了牙关，一阵晕眩差点击倒我。

我好容易把目光从那张"黑钱"上挪开，用手扶着桌子起来，相当费劲地蠕动着嘴唇对张亮父母说:"叔、姨,各位你们在,我有急事要先走了。"

"走?"张亮父母都瞪大了眼睛看我。

"你见亮了吗?"她妈几乎是用了乞求的眼光望着我,但事到如今我更没有可能换回她的希望了。

我努力稳住心神,眼睛发潮地说:

"见了,我跟她说过我要提前走,再见,姨、叔。"

我轻飘飘地穿过觥筹交错笑语喧哗的酒席的空当,向酒家的后门直直地走去。

好了,我明眼的读者,这"美好的图景"我只能给你们描述到这里了,——我不得不逃开。至于我这几位"情人"的往后日子怎么样,看看你们的身边的人吧,我相信她们跟大家一样会拥有幸福的生活。

——至于我,我得去寻找我的爱,寻找人世间能给我天使之爱的那个人去了。

上帝说过:寻找,就找到。

2000年10月41日初稿于太原
2000年11月20日二稿于太原
2000年11月22日凌晨4时定稿
2013年11月3日凌晨0时修订

跋：对一代人精神历程的评析
——论李骏虎的小说创作

傅书华

李骏虎小说创作的意义、价值是多方面的，但我想从他作为一个在中国内陆地区出生的70年代生人，在面对中国社会历史性的社会转型中，所形成的精神演化形态、精神历程的角度，考察一下他的小说创作的意义与价值，并认为这样的一种考察，可能对我们如何认识中国与市场经济同时同步成长的一代人的经验形态、精神形态、价值形态，对我们如何认识自鸦片战争以来，中国现代文学的精神形态、价值形态的演化历程，有着一定的典型性的参考意义。

1

能够体现李骏虎第一个阶段小说创作代表性的成果，我想应该

跋：对一代人精神历程的评析 / 163

是写一代青年人在都市生活的长篇小说《奋斗期的爱情》《公司春秋》《婚姻之痒》以及《解决》《七年》《牛郎》等若干短篇。在这些小说中，我们看到了一个从乡村来到都市的青年人，由最初的充满希望的雄心勃勃的奋斗，到对复杂的都市生活的深层品尝，再到一种在近乎无奈、绝望之后的对自我在都市的放逐与反思。现代都市与一代从乡村步入都市的青年人的相遇形态，在这些小说中，得到了非常深刻的血肉丰满的揭示。

《奋斗期的爱情》讲的是一个乡村青年"初次"与都市相遇的故事。我之所以强调"初次"，一是因为作品主人公对都市的感受是初次的，一是因为作品所写的主人公感受的都市生活形态，也是都市生活的表层形态。作品的主人公叫李乐，在都市郊区的一家报纸做编辑工作，是一位想依靠自己的写作实力在都市立足的乡村青年人。作者有这样的安排，与我前面所说的"初次"形态是非常吻合的：正是都市郊区而非都市中心，才可以把都市的表层形态得以更恰当的体现；正是报社而非商业机构，才使得都市披上了一层精神的外衣；而想依靠自己的写作实力而非物质性力量在都市立足，正体现了主人公比较单纯的生命向往与精神追求。在这样的背景设置下，作者从以下几个方面给我们讲了这位青年人与都市的相遇形态：

第一，是作者反复所写的，主人公在喜爱他的女性面前，来自于身体的自卑感。作品写主人公李乐是一位身体矮小、瘦弱，男性性征不强且心态时时处于被动的男性，而喜爱他的都市女性，或者他所面对的都市女性，却无一例外地都身体丰腴、健康且性格主动。如是，主人公李乐在面对都市女性时，第一个直接的感觉，总是来自于身体的自卑感："我始终坐在椅子上……我不能站起来，是因为看到张亮太高了，保守的估计也在一米七十五以上——我从不把高个子男人放在眼里,但女人就不同了,尤其是高个子漂亮女人,总是让我自惭形秽。""这家伙足有张亮那么高,于是我就躺着没动,不愿在陌生的漂亮姑娘面前暴露自己的缺点来。"这种自卑感,从实质上说,其实是传统文化、乡村文化在如何对待身体、根植于身体的欲望、享受在面对现代文化、都市文化的自卑感,其焦点是中国社会价值形态从传统的重社会伦理规范到重个体感性生命的社会转型中,不知如何面对、安置个体感性生命,或者说,不知如何面对、安置"身体"的迷茫与困惑、焦虑,如刘小枫所说的"沉重的肉身"。这样的一种来自于"身体"的自卑感,在这种自卑感中所暗藏的对都市女性身体的向往,在中华民族在自身传统崩溃而面对现代社会现代文化的现代化进程中,可谓是屡见不鲜,只是表现形态各异。最典型的莫过于在清末民初时,中国赴日留学生笔下对中国男性与日本女性"身体形态"的文化身份的设定:中国男性的身体总是病态的、瘦弱的,性格是内向的,而日本女性的身体则总是丰腴的、健康的,性格则是主动的外向的。郁达夫的小说《沉沦》是这方面最为典型的代表作,其中对中国男性留学生眼中的日本女性身体的描写,也因此成为这一文化"症候"的经典片断:"他起初以为看一看就可以走的,然而到了一看之后,他竟同被钉子钉住的一样,动也不能动了。那一双雪样的乳峰。那一双肥白的大腿。这全身的曲线。呼气也不呼,仔仔细细的看了一会,他面上的筋肉,都发起痉挛来了"。这样的文化"症候",在市场经济大潮促使中国社会形态在90年代全面转型时,显得特别突出,成为一个时代的"时代症候":无时不在无处不在而又不知如何面对、安置的"沉重的肉身",几乎成为一个时代的时代"流行语"。李骏虎的《奋斗期的爱情》在这一点上,也因此具有了时代的沉重感与历史的纵深感。

第二，是作者反复所写的，主人公在喜爱他的女性面前的物质上的贫穷感："那个阶段我正穷困潦倒，好长时间没来一笔像样的稿费了，幸亏经常光顾的那家小饭店肯赊账，否则我真要把嘴吊起来了。""可是在这种情况下，怎么好意思和别人借钱？况且这是多么煞风景的事呀。我心头狂跳不已，装作随便地从裤兜里摸了皮夹子，打开来却看见里面除了那次给郭芙复印的那张黑色一百元压岁钱，竟然一个钢镚儿也没有了。我赶紧合上皮夹子，头上冷森森，胸中空荡荡，往日的自信和高傲荡然无存。"这种贫穷感，与我前述的身体上的自卑感，在性质上如出一辙，或者说，是我前述的身体上的自卑感的更为深层的原因所在：正是因为物质上的贫穷，才使得根植于身体的欲望、享受，失去了得以实现的前提与保障。这样的一种贫穷感，来自于对传统的乡村经济与现代的都市经济相遇时真实境况的真实体验，也是传统的乡村经济在最初与现代都市经济相遇时境况的真实体现。

第三，是作者反复所写的，主人公为了改变自身生存境况征服外在环境的奋斗精神："我每天晚上都至少要看三十页书，写两千字的文章""勒紧裤带玩命写作我已习以为常"。这样的一种征服精神奋斗精神，我们似乎并不陌生，在那些描写乡下人进入都市的中外作品中，我们似乎时时看到的就是这一点，并因之使这样的一种征服精神奋斗精神被赋予了现代都市精神的含义。但李骏虎的《奋斗期的爱情》乃至李骏虎所有的写都市生活的小说，与我们所熟悉的那些描写乡下人进入都市并征服了都市的中外作品有一个很大的不同，那就是，他作品中的主人公，其征服精神奋斗精神，不是体现在物质终于富有、都市生活形态的实现、都市身份的认可、都市文明的习得等等，而是体现在一种超越都市乡村之上的精神的实现上，这就是作者对主人公对文学写作实现的追求的设计。不是以对都市的占有来证明自己对都市的征服,对自己奋斗的肯定,也不是以乡村生活战胜都市生活来证明自己对都市的征服,对自己奋斗的肯定,而是以一种超越于都市乡村之上的精神的实现,来体现自己奋斗的价值。如是,作者写了几位都市女性对作品主人公的追求,但却没有如同我们所熟悉的那些描写乡下人进入都市的中外作品那样,以进入都市的乡下人实现了与都市女性结合,来证实自己对都市的进入、征服与自己奋斗的实现。在李骏虎的笔下,作品的主人公虽然得到了几位不同的都市女性的青睐,但作品的主人公却并不因此而感到满足,或者说,并不能在这几位现代都市女性对他的认可中,体现自身价值的实现。如此的写作设计,既体现了作者对现存价值形态的拒绝,使作品具有了超越现实世界的价值诉求,具有了超越诸如现代性、都市形态等等"确指的经验性目标"的价值诉求,而成为一种类似"生命的自由自律的生存动姿"[①],使作品具有了与中国现代文学中的精神漂泊的主题一脉相承的意义深度,但在其主人公与几位现代都市女性的缠绵中,又不能不让我们有着某种深深的担心:主人公毕竟年青,不可能具有如鲁迅在"过客"中所写的"过客"的对"小女孩"温情对"老人"经验丰富的"忠告"的拒绝。这样的"青年"姿态,是中国最初从乡村走向都市的一种必然的价值形态生命形态,只是这样的一种形态,当他进入喧嚣复杂的现代都市的深处,他的境遇又会如何呢?他又能走多远呢?这就是李骏虎在接下来所写的长篇小说《公司春秋》及《七年》《逆流而上》《牛郎》《解决》等短篇小说中所要告诉我们的。

在《奋斗期的爱情》的结尾,李骏虎所设计的主人公,终于

---

① 关于"生命的自由自律的生存动姿"请参阅王乾坤《鲁迅的生命哲学》中第四章《自律与他律》中关于《过客》的相关论述。人民文学出版社 199 年版。

如愿以偿地进入了现代都市的中心，但是，他在自己心向往之的都市的中心的境遇如何呢？李骏虎在《公司春秋》中，对此作了进一步的叙写：小说的主人公邵儿与年长于他的女同事阮姐情感相近，这本来无可厚非：孤独的男性青少年在其生命成长的过程中，往往是年长于他的女性成为他生命成长的引路人，传统中国的妻子往往在生理、心理上长于丈夫；西方文化中，孤独的男性青少年在其成长过程中的情人，也往往年长于他，即均出于此。邵儿与年长于他的女同事情感相近，其最为深层的原因是：邵儿这来自于乡村的生命，在都市的土壤中无法扎根，以及由此带来的初入陌生的都市所产生的情感的无可皈依，正是这些，使他总是对年长于他的都市女性情有独钟，譬如他与上司的妻子的关系是如此，与在出租屋相遇的成熟少妇的关系是如此，即使是与其在都市的恋人李美，我们也可以时时处处看到，在他们二人的关系中，李美总是处于主导位置，以至于连主人公自己也免不了发出了感叹：我怎么总是与那些有夫之妇会发生情感上的纠葛呢？

让我们再回到主人公邵儿初入都市时与阮姐的相遇：二人的关系本来是纯净的，无可厚非，或者说，这是一个现代都市与传统乡村关系的隐喻，传统乡村男性的生命向往与现代都市女性感性生命对其的引诱，在这一隐喻中，有着极好的丰富的体现。但邵儿与阮姐的这一关系，却在单位闹得沸沸扬扬，二人最后终于把流言变成了现实，以至于伤痕累累无法收场。这或许可以算是邵儿进入现代都市的一个预兆、征兆，即：上述二者所体现的传统乡村男性与现代都市女性的关系，因了其存在环境的扭曲，最终只能以一种扭曲的形式出现。邵儿与其后上司妻子的关系、与出租屋成熟少妇的关系，与李美的关系均可以作如是观。

明了这一含义，我们对小说所写的邵儿与各种少女关系的描写，也就有了比较准确的把握。譬如说，他对妓女文静的感受：文静曾经是个两次因情而割腕自杀的多情女子，但最后却沦落成为人尽可夫的风尘女子。她外出时那些让人无法认出的极为怪异的化妆，正是其外在与内在完全割裂及人们对她根本无法认知的绝妙显现。如果说，邵儿与文静的关系，是男女之间截然割裂的极端性的体现，那么，邵儿与刘小姗则是在正常的日常生活中，注定不能沟通的典型。刘小姗曾经是邵儿的一个梦想，但在她成为一个实际存在时，却因了种种利益的限制、算计等等，成为一个永远不能走近的存在。

以个人性的男女之间情感作为载体的精神追求、向往，让邵儿倍感失望倍受伤害。作为社会性的人与人之间的关系，更让邵儿真切地感受到了世间人与人之间关系的残酷：大丁坑害"哥们"，携款潜逃；副总们算计老总，把老总在桑拿间抓个正着；同事设套给副总，用针孔摄像机取证；原本是老板手中玩物的李美，最终却成功将老板玩弄于股掌之中；老总的夫妻关系，徒有虚名等等。平安夜化妆晚会上，邵儿看到"四个人，总共只有五只胳膊六条腿"的幻象，其实正是现代都市人在利益、欲望面前被"异化""扭曲"的真实形象。小说中有一个颇有象征意味的道具"流氓兔"——被别人尽情地玩弄也尽情地玩弄别人，那正是现代都市人生存心态的形象写照。

生活在这样的生存环境中，是会让人极端厌倦的。小说主人公邵儿在小说结尾部分，不断地感到困倦，充满了睡意，时时在最热闹时分会突然睡过去，就表明了这样的一种厌倦感。在如此地厌倦了曾经非常向往非常想进入也已经深深进入了的充满了刺激、动荡、诱惑的现代都市生活之后，作者的精神追求心灵港湾又会在哪里呢？

不要外面的风雨,也不要外面的彩虹,平平淡淡的普通人的家庭生活,或许可以安放这疲倦的心灵?这是一个从外在追求退回内在世界的合乎逻辑的非常自然的选择。但这样的一个选择又如何呢?李骏虎接着写了《婚姻之痒》。

《婚姻之痒》中的主人公马小波与妻子庄丽原本互相关爱且也满足于温饱型的日常生活,妻子耍耍小性子,丈夫哄一哄,本来也使家庭生活别有一番情趣,但没有精神滋养的日常生活,终于磨损了夫妻之间的感情。马小波在苦闷之中偶尔的艳遇,不仅没能缓解自己的苦闷,反而导致了夫妻的分居,增添了自己更大的苦恼。与崇拜自己的刘阿朵的同居,也并不能够解决日常生活中夫妻之间的情感问题。马小波最终选择了重新回到庄丽身边,但长期的精神、情感的抑郁,终于引发了庄丽内分泌失调,最终导致了脏器衰竭而死亡,马小波则沉浸在终生的痛悔之中。如果对个人来说,连最基本的平平常常普普通通的家庭生活都不再是自己能够立足之地的话,那么,现代都市生活,还有什么是可以让人留恋的呢?

从向往现代都市生活,到深入地进入到现代都市生活,再到在现代都市生活中,连最后的立足之地都不存在,这就是李骏虎给我们讲述的乡村青年与现代都市的关系。可想而知,回望乡村,成了面对现代都市失望之后的必然选择。于是,我们看到了李骏虎在这之后的回望乡村生活的小说创作。

2

由于原本就是从乡村出发,由于在现代都市伤痕累累,所以,在回望乡村时，必然是充满了怀念之情："每次回乡，一踩上乡村的土地，就感觉到非常踏实。从村口步行回家，走在村巷里与晒太阳的老汉、抱娃娃的妇女简单打个招呼，就能给我一种力量，心中特别温暖。"①。在如此情感形态的对乡村的回望中，其眼中的乡村，必然是温馨的、多情的，所以，李骏虎的乡村小说，写的不是乡村贫穷、落后、残酷的一面，而是与现代都市情感缺失价值危机构成互补的文化形态的乡村。李骏虎的这一类的小说，给他赢得了巨大的声誉，文坛所称道的他的小说，譬如，他所获得的鲁迅文学奖、赵树理文学奖的小说，也是这类小说。这类小说中，最具代表性的，是长篇小说《母系氏家》、中篇小说《前面就是麦季》、短篇小说《用镰刀割草的男孩》《还乡》等。

《母系氏家》中写得最为成功的是兰英、秀娟、红芳这三个女性的形象，并因此构成了一个女性谱系。如果我们将这三个形象，与我们所读过的李骏虎写现代都市生活的小说来作比较，就会更清楚地看到作者的乡村情怀。

兰英本是一个如花似玉、身健体美、心灵手巧的女子，因为出身不好，受政治上血统论的影响，不得不嫁给了一个缺乏男子性征的矮子七星。但她却不甘心于完全被命运所左右，而是为了通过下一代来改变自己的命运，或纯然是利用，或不禁情动于中地与"一文一武"——一个公社秘书，一个"土匪长盛"发生了性关系。与李骏虎写现代都市小说中，男女人物在性关系上或者是利益关系或者是欲望横流或者是虚伪作态相比，兰英即使是与公社秘书的纯然利用的性关系，也仍然包含着对自身命运不公的反叛因素。兰英身上所体现的"恶"，她的尽其一生的对她身边的人的攻击性言行，

---

① 张志刚《专访第五届鲁迅文学奖获得者山西作家李骏虎》山西新闻网—发展导报 2010 年 10 月 28 日。

是其旺盛的生命欲望的不能正常实现,充沛的生命能量的不能正常释放,强劲的生命力量的不能得到正常的对象化体现与肯定的结果,于其中,让我们感到愤怒与惋惜的,是病态社会对兰英健康生命的扭曲与吞噬,而不是兰英本身。

秀娟是一个"地母"式的女性。四十多岁了,仍然未婚,独身一人,但却安之若素,且在与他人相处中,忍辱负重,与世无争,善济他人,慈悲为怀。她虽然自己的生活并不富裕,却尽自己之力在财力上周济他人;虽然自己并无多余住房,却将自家所居住的磨坊院出让给乡村企业家以给乡人就业机会;在与乡人、家人相处中,总是不取他人,只求有助于人。最能体现其"地母"品格的,是其在家人孩子过满月的酒席上,喝多了,被受村干部之托的两个年轻人送回她独居的屋子,但这两个年轻人却趁其酒醉,偷了她辛辛苦苦积攒下来的七千元逃跑了,且给她带来了被这两个年轻人强暴的恶名。但秀娟对此却不加申辩,也不戳穿两个年轻人盗取她钱财却并没有强暴她之举的真相,面对众人的风言风语,她淡然处之,安稳地过自己的日子。直至事情水落石出后,秀娟也无意追究两个年轻人的责任,显示了其内心世界的强大,显示了其宽厚而博大的心胸。这与李骏虎现代都市小说中人物的精于锱铢计算,相互利用、损害、剥夺,恰成反比。

红芳是一个身心都比较健康的乡村青年女性。她对生活没有太多的要求,每天只是为着自己的小家庭忙忙碌碌;她对他人也没有太多的希冀,少心没肺的,不计较言语之间的冲突,也不太记恨别人。因此,她更多地生活在一种简单的快乐之中。与李骏虎现代都市小说中人物的追求功名,残酷竞争,被外在于人的各种利益形态所强力制作强力塑造的人生相比,这是一种人人都能够达到的平常人在最为普通的日常生活中的单纯快乐朴素的人生,是与大自然一样自然的人生形态。

正是这样的一种乡村情怀,使《母系氏家》中的邪恶女子也透着一种本质上的大气与美好,譬如彩霞,对自己所从事的变相卖淫毫无羞腆之意,且夫妻二人关系却也亲近融洽。通读作者对彩霞的描述,并不让人感到其淫荡、猥琐、鄙陋,却给人以温静、坦荡之印象。其原因,盖出于其存在于作者乡村情怀之中。

这样的一种乡村情怀,不仅使李骏虎乡村小说中的人物形象塑造充满着温馨亲切的人情味,也使他笔下的自然景色、情景描写,使他字里行间所流露出的情趣,充满着一种人性、人情的暖意,《用镰刀割草的男孩》《还乡》等作品中,那些比比皆是举不胜举的出色的情景、景物描写及叙述文字,就是这方面成功的例证。诚如李骏虎本人所说:乡村"是有容颜和记忆能量、有年轮和光阴故事的,它需要视觉凭证,需要岁月依据,需要细节支撑,哪怕蛛丝马迹,哪怕一井一石一树"都是"有根、有物象、有丰富内涵的信息体"承载着"记忆与情感,承载着人生活动和岁月内容"并构成了"抒情的可能和心灵的基础"。[①]

如前所述,李骏虎记述乡村生活的小说每每为读者为文坛所称道,他自己也是属意于此的,并因之在相比较之下,对自己在此前所写的青年人在现代都市生活的小说,有所看轻,他说过这样的话:"我之所以要写农村,是因为我意识到作品要有思想力量和精神向度。这要求我必须回到大地,才能仰望天空。不能老写中国这种不成型都市的人的情感困惑,因为它是上不着天下不着地,是空中的东西。只有回到农村,脚踩大地,才能找到精神向度和思想力量"。[②]

---

① 张志刚《专访第五届鲁迅文学奖获得者山西作家李骏虎》山西新闻网—发展导报 2010 年 10 月 28 日。
② 同上。

3

长篇小说《母系氏家》及中短篇小说集《前面就是麦季》之后，李骏虎乡村小说创作的高潮暂时告一段落，虽然仍有一些写乡村生活或者直面现实生活的作品问世，但他把主要的创作精力用于对历史题材的小说创作之中，试图在对历史的重新审视中，寻求新的价值路向。这一创作努力的结果是初步完成了一部反映山西抗战史实的长篇小说，但却由于种种原因，暂时搁置起来，但我们从其发表的个别章节，仍然可以见出他努力的意图。这就是发表于《作品与争鸣》2012年第2期的中篇小说《弃城》。

《弃城》以真实的史实为写作基础，写阎锡山部下的一个旅长，带领自己的部队，在自己的家乡——隋唐时代所建的极为险要的军事要塞打击日本侵略军的故事。史料的引入，地理景观的如实再现，事件的构成，都显示出作者力求给读者以历史史实真实感的努力。小说的内容是坚实的，故事是引人的，人物性格的塑造也是生动的。但作品对于李骏虎创作的真正价值不在这里，也不在于将一度被遮蔽的国民党实力派在抗战中的真相予以"敞亮"——这样的作品在国内已然大量出现，且写作成功者也为数不少，《弃城》在这方面并没有大的突破。这部作品之于李骏虎的意义在于，李骏虎试图以此走进历史的深处，洞悉历史的真相，从而在观察今天多样、浮躁、平面的社会现实时，具有历史纵深感的眼光作为支撑，因为只有具有历史的纵深感，才能对现实做出更准确更有力的判断。中国一向有文史哲不分的传统，文学是对一个历史时段真相的揭示与洞悉，且在这种揭示与洞悉中，蕴含了社会、人生的哲理。克罗齐讲：一切历史都是当代史。对于历史的关注，正体现了李骏虎打通文史哲，打通古今，并借此以用文学更深入地进入、理解今天现实的努力。

对文学与人、社会、历史关系的这一理解，必然决定了李骏虎对现实主义创作精神、方法的推崇。如果说，在他创作之始，他对此还没有非常清醒、鲜明的认识，但却由于自己的艺术直觉而在自觉不自觉中予以追求、实现，特别是在他的乡村小说创作中，更是如此。譬如，在我们前述的《母系氏家》中，在对三位女性形象的塑造中，我们即通过其性格的复杂性，能够真切地感受到这一点。只是在今天，在经过了长期的创作积累与实践探索后，他的这种意识就更为鲜明更为自觉了。他多次在不同的各种场合表述过这样的观点：现实主义方法是最为先锋的创作方法。在我看来，李骏虎的这一判断，是非常深刻的，是极富现实意义的，且具有历史的纵深感：

中国的传统小说，受中国天人合一物我合一的"一个世界观"的影响，受中国抒情艺术诗歌的影响，是"意象造型观"。但伴随着中国传统社会结构的崩溃，这种"意象造型观"的创作范式也就走向了崩溃，其标志是《红楼梦》的出现。如鲁迅所说：一到《红楼梦》传统的写法就全被打破了，"如实描写，并无讳饰"的现实主义精神，在中国文学自身的发展过程中，开始生长出来，并在生长过程中，合乎逻辑地借西方文学之力，开创了五四时代及20世纪30年代中国现代文学的现实主义潮流。这一潮流，是与其时新的资本经济、都市形态、社会结构的生成、形成"同构"的。所以，我们在这一时代的小说中，看到了资本经济对中国传统大家族的冲击，看到了金钱、欲望对生命的激活与损害，看到了都市形态与乡土形态的冲突。40年代之后，伴随着资本经济的退场，伴随着中国传统文化的回归，从都市走向乡村，成为一个时代的主流，文学创作也从现实主义走向了与"意象造型观"有着某种"异质同构"形态的"社会主义现实主义"及"两结合"。但自90年代以来，伴随着中国市场经济大潮的再度汹涌，都市形态再次成为中国社会的主要的社会形态，诚如西方社会批评学家戈尔德曼所说：一定历史阶段的社会经济结构与其时的文学结构、文学的叙事意识与社会的集体意识，"具有严格的同构性"关系。如是，与今天市场经济、都市形态、社会结构相对应地，现实主义也再次成为中国主要的文学潮流，虽然在面对现代都市这个"魔影"时，各种非理性的现代主义感受也会时时出现在文学的世界中，但正如李骏虎所说，今天的现实主义，是一个包容性极强的创作方式，各种非理性的现代主义感受及其文学的表达方式，是可以丰富、深化今天的现实主义的。只是在我们经历了面对都市、乡村及传统、现代的困惑之后，我们或许会在对历史的重新审视中，在对现实的直面中，有着新的对自身对世界的认识与把握吧。正因此，我非常重视李骏虎小说创作历程中所提供给我们的精神演化形态、价值演化形态；在正因此，我在李骏虎等新一代中国作家身上，看到了中国文学创作的广阔前景，并对他们的创作充满了期待之情。

创作年表（要目）
（1995-2019）

▲ 1995 年

1月，短篇小说处女作《清早的阳光》，发表在《山西文学》1995年第1期。

1月，短篇小说《不惑之年》发表于《太原日报》双塔文学周刊头版。

▲ 2000 年

1月，诗歌《迟到的乌鸦（外一首）》发表于《诗刊》2000年第1期。

5月，诗话《仰视诗人》发表于《诗刊》2000年第5期。

10月，《大家》（时任主编李巍）2000年第5期推出中短篇小说辑，发表《局外人》《一位小姐的心灵史之谜》《女儿国》《小叔的艺术生涯》四篇。

10月，随笔集《比南方更南》由作家出版社出版，收入"青藤丛书"。

11月，短篇小说《局外人》由《短篇小说选刊版》2000年第11期转载。

12月，散文《对乡村的两种怀念》发表于《人民文学》2000年第12期。

▲ 2001 年

2月～4月，在《山西文学》开设"名著篇名短篇小说"专栏，发表《一个青年艺术家的画像》《存在与虚无》两个短篇。

6月，长篇小说《奋斗期的爱恋》发表于《黄河》2001年第3期头题。

7月，诗歌《黑与亮（二首）》发表于《诗刊》2001年第7期。

9月，《奋斗期的爱情》由长江文艺出版社出版，收入"九头鸟长篇小说文库"。

▲ 2002 年

5月，诗歌《纪念（外一首）》发表于《诗刊》2002年第5期下半月号。

6月，短篇小说《解决》发表于《山西文学》2002年第6期。

8月，《解决》由《小说精选》2002年第7期转载。

9月，短篇小说《师傅越来越温柔》发表于《鸭绿江》2002年第9期。

12月，《师傅越来越温柔》由《小说选刊》2002年第12期转载。

12月，获得2002年度山西新世纪文学奖。

▲ 2003 年

1月，短篇小说《流氓兔》发表于《广州文艺》2003年第1期。

3月，《流氓兔》分别由《小说月报》2003年第3期、《短篇小说选刊版》2003年第3期转载；短篇小说《把游戏进行到底》发表于《人民文学》2003年第3期。

4月，短篇小说《解决》收入人民文学杂志社选编、李敬泽主编《2002年文学精品·短篇小说卷》，敦煌文艺出版社出版。

▲ 2004 年

1月，短篇小说《流氓兔》收入人民文学出版社《21世纪年度小说选·2003短篇小说》。

5月，长篇小说《公司春秋》由中国社会出版社出版。

7月，短篇小说《后福》发表于《中国作家》2004年第7期。

7月，短篇小说《最近比较烦》发表于《北京文学》2004年第7期。

10月，长篇小说《公司春秋》由《长篇小说选刊》2004年试刊号"小说故事"选介。

▲ 2005 年

3月，短篇小说《后福》收入谢冕、朝全选编，华艺出版社出版《好看短篇小说精选》。

5月，长篇小说《婚姻之痒》由朝华出版社出版。

▲ 2006 年

10月，中篇小说《炊烟散了》发表于《现代小说》寒露卷头题。

▲ 2007 年

9月,《李骏虎小说选》中篇卷、短篇卷由山西古籍出版社、山西人民出版社联合出版,收入《炊烟散了》《爱》《梦谭》三个中篇,《解决》《后福》等短篇。

9月,由省作协选送鲁迅文学院第七届中青年作家高级研讨班学习。

▲ 2008 年

1月,短篇小说《奔跑的保姆》发表于《鸭绿江》2008年第1期。

2月,中篇小说《心跳如鼓》发表于《飞天》2008年第2期。

2月,应《山西文学》副主编鲁顺民之约,推出小说作品专辑,发表中篇小说《玫瑰》、短篇小说《漏网之鱼》、创作谈《享受写书的过程》。配发评论家杨品同期评论。

3月,应邀在刘醒龙主编《芳草》文学杂志开设"年度精锐"专栏,陆续发表中篇小说《前面就是麦季》,短篇小说《七年》《焰火》,分别由评论家王春林、刘川鄂、韩春燕配发同期评论。

4月,《前面就是麦季》由《小说选刊》2009年第4期转载。

5月,《前面就是麦季》由《中篇小说选刊》2009年第3期转载。

5月,短篇小说《退潮后发生的事》发表于《绿洲》2008年第5期。

8月,长篇小说《母系氏家》发表于《十月》长篇小说2008年第4期头题。

▲ 2009 年

2月，短篇小说《七年》收入人民文学出版社《21世纪年度小说选·2008短篇小说》。

4月，长篇小说《婚姻之痒》由中国友谊出版公司重新出版。

6月，中篇小说《逆流而上》发表于《小说界》2009年第3期。

7月，中篇小说《五福临门》发表于《山西文学》2009年第7期头题。

10月，中篇小说《五福临门》由《小说月报》2009年增刊中篇小说专号第4期转载。

10月，获得第十二届庄重文文学奖。

11月，《山西日报》黄河文化周刊"黄河关注"刊发记者朱慧访谈《用小说探索人的精神世界——专访第十二届"庄重文文学奖"获得者李骏虎》。

12月，长篇小说《母系氏家》由陕西人民出版社出版发行。

▲ 2010 年

4月，中篇小说《五福临门》入选中国小说学会2009年度中国小说排行榜。

4月，长篇小说《母系氏家》修订本发表于《黄河》双月刊2010年第2期，配发创作谈《我为什么要重写〈母系氏家〉》，以及评论家杨占平文章《成功的跨越——由〈母系氏家〉谈李骏虎小说创作的转型》。

4月，散文《属于"晋南虎"》发表于《天津日报》文艺周刊。

6月，短篇小说《牛郎》发表于《黄河文学》2010年第6期。

6月，《山西日报》黄河文化周刊"黄河关注"刊发长篇小说《母系氏家》评论专辑，发表评论家傅书华《现实主义的力量极其现实意义——读李骏虎的长篇小说〈母系氏家〉》、宁志荣《乡村生活的艺术呈现》、王晓瑜《芸芸众生的生命轨迹》三篇文章。

7月，长篇小说《母系氏家》由《长篇小说选刊》2010年第4期"小说视点"选介。

9月，长篇小说《小社会——铅华与骚动》被立项为2010年度中国作协重点作品扶持选题。

10月，中篇小说《前面就是麦季》获得第五届鲁迅文学奖全国优秀中篇小说奖。

11月，长篇小说《母系氏家》获得2007—2009年度赵树理文学奖长篇小说奖。

11月，因第十二届庄重文文学奖和第五届鲁迅文学奖，获得两项赵树理文学奖荣誉奖。

12月，中篇小说《前面就是麦季》转载刊发《北京文学中篇小说月月报》第五届鲁迅文学奖获奖小说专号。

24日，散文《手不释卷的李存葆》发表于《中国艺术报》九州副刊。

▲ 2011 年

2月，短篇小说《割草的男孩》发表于《芒种》2011年第2期。

3月，短篇小说《还乡》发表于《红岩》2011年第2期。

3月，评论《看刘心武魔幻手法续红楼》发表于《中国艺术报》文艺评论版。

5月，中短篇小说集《前面就是麦季》由北岳文艺出版社出版。

6月，散文《老鼠旅馆》发表于《今晚报》今晚副刊。

11月，描写山西抗日民族统一战线选题《中国战场之共赴国难》，入选中国作家协会2011年作家定点深入生活名单。

▲ 2012年

1月，定点深入生活选题中篇小说《弃城》发表于《当代》2012年第1期。

1月，《文艺争鸣》2012年第1期发表评论家傅书华文章《〈母系氏家〉对现实主义的真实书写》。

2月，短篇小说《科比来了》发表于《青年文学》（上旬刊）2012年第2期。

2月，中篇小说《弃城》由《作品与争鸣》2012年第2期转载。

3月，散文《景老师消失在地平线》发表于《文艺报》文学院专刊。

4月，中篇小说《弃城》由《中篇小说选刊》增刊2012年第1期转载。

8月，《文艺报》文学院专刊头版刊发作家李骏虎专版，发表创作谈《慢慢地，学会了怀疑》，配发鲁迅文学院教研室赵兴红评论《精神向度决定作品高度》、《芳草》编辑郭海燕文章《南人北相小虎子》。

9月，《中国战场之共赴国难》入选2012年中国作家协会重点作品扶持选题定点深入生活专项选题。

12月，《创作与评论》"文艺现场"专栏发表中篇小说《此岸》、创作谈《命运才是捉刀人》；配发山西大学文学院教授王春林访谈《让作品跟身处的时代发生关系——李骏虎访谈录》，山西省社科院文学所所长陈坪评论《向着大地的回归——李骏虎中短篇小说创作论》，以及马顿《细节与方言是乡土文学的优胜点——以李骏虎长篇小说《母系氏家》为例》。

12月，《人民日报·海外版》刊发中华读书报记者舒晋瑜文章《李骏虎：现实主义才是最先锋的》。

▲ 2013年

1月，中篇小说《庆有》发表于《山西文学》2013年第1期。

1月，《芳草》杂志2013年第一期刊发山东师范大学教授张丽军访谈《李骏虎：于传统束缚中开疆辟域——七〇后作家访谈录之五》。

1月，《映像》杂志2013年第1期刊发诗人阎扶访谈《"现实主义是最先锋的"——青年作家李骏虎访谈》。

3月，《莽原》双月刊"当代名篇聚焦"发表李骏虎点评毕飞宇《家事》，评论家张丽军评介。

5月，短篇小说《亲密爱人》发表于《山花》2013年第5期。

5月，电视连续剧《婚姻之痒》由吉林电视台都市频道播出。

7月，《山西日报》文化周刊刊发记者杨东杰访谈《书写我们身处的时代》。

7月，散文《大风到来之前》发表于《散文》2013年第7期。

8月，散文《河北三思》发表于《文艺报》新作品版头条。

8月，中篇小说《大雪之前》发表于《清明》2013年第4期。

8月，长篇小说《婚姻之痒》由北岳文艺出版社出版第三个版本。

8月，散文《北地树》发表于《光明日报》光明文化周末"大观"版。

9月，中篇小说《此案无关风月》发表于《长江文艺》2013年第9期。

9月，散文《大风到来之前》转载于《散文选刊》2013年第9期。

10月，散文《那年花好月圆时》发表于《山西日报》黄河文化周刊。

11月，长篇小说《浮云》发表于《芳草》文学杂志双月刊。

11月，散文《广武怀古》发表于《山西日报》河文化周刊。

12月，散文《河北三思》收入河北美术出版社《品鉴河北》。

▲ 2014 年

1月，短篇小说《刀客前传》发表于《大家》2013年第1期。

2月，散文《行走广西》发表于《光明日报》光明文化周末作品版。

3月，散文《大风到来之前》收入北岳文艺出版社《2013年散文随笔选粹》

3月，文论《寻尧记》发表于《深圳特区报》人文天地首发版。

4月，散文《不安的"出逃"》发表于《人民日报》大地副刊。

5月，长篇小说《奋斗期的爱情》由北岳文艺出版社再版。

5月，短篇小说《一日长于百年》，发表于《福建文学》2014年第5期。

5月，散文《在乡亲和大师之间》发表于《山西日报》黄河文化周刊笔会版。

5月，短篇小说《来自星星的电话》发表于《光明日报》光明文化周末作品版。

6月，长篇小说《奋斗期的爱情》修订本附记《我与〈奋斗期的爱情〉》发表于《中华读书报》书评周刊文学版。

7月，点评陈忠实散文《原下的日子》发表于《散文选刊》2014年第7期上半月刊。

8月，《小说评论》推出小说家档案-李骏虎专辑，刊发栏目主持人於可训《主持人的话》，傅书华、李骏虎对话《现实是文学的起飞点和落脚点》，李骏虎自述《用心灵思考和创作》，李骏虎主要作品目录，傅书华《论李骏虎的小说创作》等一组文章。

8月，散文《不安的"出逃"》转载于《散文选刊》2014年第8期。

8月，中篇小说《爱无能兮》发表于《芳草》2014年第4期。

9月，中国新文学学会会刊《新文学评论》"文学新势力"栏目推出李骏虎专辑，发表"作家语录"《谈我的创作转型》《〈奋斗期的爱情〉修订本附记》，以及王莹、张艳梅评论《李骏虎小说创作论》，张丽军、乔宏智《从都市情感到重返乡土——李骏虎中短篇小说漫谈》，马顿《〈母系氏家〉：一部见微知著的家庭政治演义》，李佳贤、王春林《人性倾斜与社会批评——评李骏虎长篇小说〈浮云〉》等研究文章。

9月，文化散文集《受伤的文明》由山西人民出版社版。

9月，散文《不安的"出逃"》由《发展导报》"阅读"版转载。

10月，散文《雨中去吕梁》发表于《山西日报》黄河文化周刊笔会版。

11月，散文《汉的长安》发表于《光明日报》光明文化周末文荟版头条。

11月，短篇小说《云中归来》发表于《深圳特区报》人文天地"首发"版。

12月，长篇小说《中国战场之共赴国难》发表于《芳草》文学杂志2014年第6期。同时单行本由北岳文艺出版社出版。

12月，长篇小说《中国战场之共赴国难》获得第四届汉语文学女评委奖最佳叙事奖。

12月，创作谈《人民是文学的生命力》发表于《文艺报》。

▲ 2015年

1月，创作谈《人民是文学的生命力》发表于《作家通讯》2015年第1期。

1月，在《小说选刊》开设"小说课堂"专栏，文学评论《经典的背景》发表于《小说选刊》2015年第1期。

1月，小说集《此案无关风月》由北岳文艺出版社出版。

1月，长篇小说《众生之路》发表于《莽原》杂志2015年第一期。

1月，散文《不安的"出逃"》收入漓江出版社《2014中国年度精短散文》。

1月，文学评论《化身：大师的"壶中妙法"》发表于《文学报》论坛专版。

1月，《山西晚报》开始连载长篇小说《中国战场之共赴国难》。

1月，《山西晚报》文化访谈版刊登专版：《李骏虎：〈共赴国难〉中，我写了段比文学更有价值的历史》。

2月，《中华读书报》发表评论家何亦聪文章《〈受伤的文明〉：笔墨从胸襟中来》。

3月，《黄河》杂志"黄河对话"刊发中国小说学会副会长、著名评论家王春林教授和小说家杨东杰对话《启示：李骏虎〈中国战场之共赴国难〉的新历史叙事价值》。

3月，《文艺报》发表著名评论家山西省作家协会主席杜学文评论《历史观、方法论与艺术表达——读长篇小说〈中国战场之共赴国难〉》。

4月，《山西日报》黄河文化周刊刊发《中国战场之共赴国难》创作谈《红色题材的求真魅力》。

4月，《太原晚报》天龙文苑刊发《中国战场之共赴国难》创作谈《三年走出的三十万言》。

4月，《都市》杂志2015年第4期头题刊登长篇散文《橘子洲头畅想》、长篇小说《中国战场之共赴国难》节选《决战兑九峪》。

4月，《太原日报》双塔文学周刊刊发徐大为、李骏虎对话《历史丰厚了文学，文学更应对历史负责》。

4月，中国作家协会《作家通讯》刊发《中国战场之共赴国难》创作谈《文学怎样为历史负责？》。

5月，《中国战场之共赴国难》精装典藏版由北岳文艺出版社出版。

5月，《名作欣赏》杂志2015年第5期刊登著名评论家、山西省作家协会主席杜学文评论《历史观、方法论与艺术表达——读长篇小说〈中国战场之共赴国难〉》。

5月，山西卫视新闻午报播出《长篇小说〈中国战场之共赴国难〉首发式举行》。

5月，山西新闻联播报道《我省新作——首部展现抗日民族统一战线形成过程的长篇小说》。

5月，新华网电《中国作家历时三载完成反法西斯战争纪实新作》。

5月，《中国新闻出版报》发布2015年4月优秀畅销书榜，《中国战场之共赴国难》进入文学类前十名。

5月，《山西青年报》新闻专题专版报道《首部描写红军东征的历史小说》。

5月，《发展导报》"聚焦"专版《山西作家书写红色救亡史——李骏虎新著〈中国战场之共赴国难〉讲述抗日民族统一战线形成过程》，并专版发表《长篇小说〈中国战场之共赴国难〉故事梗概》。

5月，光明网讯《长篇抗战历史小说〈中国战场之共赴国难〉引起反响》。

5月，散文《生命因为阅读而丰盈》发表于《群言》杂志2015年第5期。

6月，《文艺报》新作品专版发表《中国战场之共赴国难》创作谈《今天怎样写"救亡史"》。

6月，《文艺报》公布中国作家协会重点作品办公室2015年重点作品扶持项目篇目，长篇小说《巨树》列入"中国梦"主题专项。

7月，长篇小说《众生之路》由山西出版传媒集团山西人民出版社出版。

7月，散文《不安的"出逃"》，收入人民日报出版社《人民日报2014年散文精选》。

8月，《中华读书报》发表记者夏琪访谈《李骏虎：战争题材让我重拾宏大叙事》。

10月，评论集《经典的背景》由山西出版传媒集团北岳文艺出版社出版。

10月，《文艺报》发表刘慈欣、李骏虎对话《科幻文学与现实主义密不可分》。

▲ 2016年

1月，短篇小说《六十万个动作》发表于《飞天》2016年第1期。

3月，短篇小说《皮卡的乡下生活》发表于《星火》2016年第3期。

5月，中篇小说《银元》发表于《解放军文艺》2016年第5期。

5月，长篇小说《中国战场之共赴国难》获得山西省第十一届精神文明建设"五个一工程"奖优秀作品奖。

5月，散文《他与高原互为表里》发表于《山西日报》黄河文化周刊，纪念陈忠实。

6月，长篇小说《母系氏家》由北岳文艺出版社再版。

9月，《时代文学》2016年第9期"名家侧影"刊发小辑，发表短篇小说《在世纪末的夏天》，配发梁鸿鹰评论《论李骏虎乡村小说里的女性形象》，马顿、康志宏评论《矛盾密布，终织成幅》，以及五篇印象记：胡平《我眼中的李骏虎》，任林举《鲁28的"骏虎"》，曾剑《牵手的兄弟》，李燕蓉《有分寸的人》，孙峰《我的邻居和文友》；附李骏虎重要作品目录。封二、封三、封四刊发"李骏虎书法作品"。

9月，散文《雨城遐思》发表于《中国艺术报》副刊。

11月《光明日报》光明文化周末文荟版发表《地球的这一边》（组诗）。

11月,《文艺报》第九次全国作代会专刊发表《期待中国文学大繁荣》。

12月,散文《赐生我们的巨树永青》发表于《文艺报》原上草副刊。

▲ 2017 年

1月,随笔《赐生我们的巨树永青》发表于《文艺报》原上草副刊。

1月,理论文章《在中国写作的优势和障碍》发表于《文艺报》。

4月,长篇小说《浮云》由江苏凤凰文艺出版社出版。创作谈《那是救亡的先声和前奏》发表于2017年4月19日《解放军报》"长征"副刊。

8月,诗集《冰河纪》由北岳文艺出版社出版。

8月,散文《铜鼓笔记》发表于《文艺报》。

8月,中篇小说《忌口》发表于《作品》2017年第8期。

9月,中篇小说《忌口》转载于《中篇小说选刊》2017年第5期。配发创作谈《没有贺涵,也没有尹先生》。

12月,散文《梅溪上的"西客"》发表于《山西日报》黄河副刊。

▲ 2018 年

1月,评论《我们全部的尊严就在于思想》发表于《安徽文学》2018年第1期。

1月,散文《在乡愁里徜徉的新时代》发表于《群言》2018年第

1期。

1月，评论《讲政治 谈文学 搞创作》发表于山西日报《文化周刊》。

2月，散文《梅溪晋韵》发表于《人民文学》2018年第2期。

2月，评论《如何创造山西文学新"高峰"》发表于山西日报《文化周刊》。

3月，短篇小说《飞鸟》发表于《大家》2018年第2期。

4月，评论《国之光采，通达纵横》发表于《群言》2018年第4期。

5月，评论《两翼齐飞振兴山西文学》发表于山西日报5月16日《文化周刊》。

6月，评论《这些书影响了青年习近平的成长》发表于《支部建设》2018年第16期。

6日，评论《山西文学创作如何再攀高峰》发表于山西日报《文化周刊》头条。

8月，评论《文学要有社会功能和现实意义》发表于山西日报《文化周刊》。

8月，散文集《纸上阳光》由中国言实出版社出版，收入全民阅读精品文库，王巨才主编"当代最具实力作家散文选"。

8月，评论《文学创作关乎现实人生》发表于《文艺报》。

10月，散文《铜鼓笔记》收入中国作家协会编《遥望那片星群——中国作协"迎接党的十九大暨纪念建军九十周年"主题采访活动作品集》，作家出版社2018年10月第一版。

10月，随笔《那是救亡的先声和前奏》获得第六届长征文艺奖。

11月，自述《记录山西的神韵和荣光是我的责任和光荣》发表于《山西日报》文化周刊。

▲ 2019年

1月,中篇小说《献给艾米的玫瑰》发表于《芙蓉》2019年第1期。

2月,中篇小说《献给艾米的玫瑰》被《北京文学中篇小说月报》2019年第2期转载。

4月,诗歌《家书》发表于《山西日报》文化周刊。

5月,散文《一个小镇的故事》发表于《山西日报》文化周刊。

9月,中篇小说《太原劫》发表于《红豆》2019年第9期。

10月,中篇小说《太原劫》被《小说选刊》2019年第10期转载。

10月,中篇小说《太原劫》被《小说月报》2019年中长篇专号第四期转载。

11月,散文《延安时间》发表于《光明日报》光明文化周末作品版。